LES DÉMÉNAGEMENTS INOPPORTUNS

D1692666

IVAN FARRON

LES DÉMÉNAGEMENTS INOPPORTUNS

EDITIONS
ZOE

Nous remercions
les Affaires Culturelles du Canton de Berne
et la commune de Tavannes
d'avoir accordé leur aide à cette publication

1

Ma décision avait été prise sur ce qui ressemblait fort à un coup de tête, même si je crois qu'elle se préparait en moi depuis longtemps. Le soir, j'avais profité de l'absence d'Hélène, partie au concert, pour emballer rapidement quelques affaires. Sur le chemin de la gare, je repensais à mon premier départ pour Paris à dix-sept ans, avec des rêves d'amour et Glenn Miller en tête. Je portais alors un *trench coat* crème à la Bogart que j'avais trouvé aux puces et dont les manches élimées étaient trop longues. L'imperméable vert bouteille et à la bonne taille de maintenant, la Samsonite qui avait avantageusement succédé au sac de voyage en simili cuir, je les aurais volontiers échangés contre quelques kilos en moins.

J'avais pensé à la réaction d'Hélène quand elle se rendrait compte de mon absence. Cela faisait longtemps que nous n'allions plus au concert ensemble. Chaque fois j'exigeais d'elle une relation détaillée. Comment tel violoniste avait-il abordé le mouvement lent du concerto de Beethoven ? La soprano *coloratur* portait-elle une robe rouge ? En général, je me souvenais des œuvres exécutées. Hélène constaterait que la porte d'entrée était fermée à clé, mais pas de l'intérieur. Notre appartement comportait peu de meubles, juste le strict nécessaire. Devant l'énigme et la douleur de mon absence, le spectacle de ces quelques meubles lui semblerait peut-être insupportable, et elle tournerait en rond toute la nuit dans le salon en fumant cigarette sur cigarette.

Passage d'un pays à l'autre. Les lumières aperçues au loin depuis la fenêtre de mon compartiment appartenaient à des maisons françaises. J'ai béni l'existence des frontières, qui nous permettent de sortir, un peu, de nous-mêmes. Même le bruit des essieux me semblait d'une autre nature. Mon passeport et mon billet étaient entre les mains du contrôleur, je n'avais à m'occuper de rien. Je suis allé fumer dans le couloir. Ce geste nous réunissait peut-être maintenant, Hélène et moi. Il lui suffisait d'allumer une cigarette quand elle attendait l'autobus pour qu'il arrive après quelques bouffées, m'avait-elle expliqué. Espérerait-elle me faire revenir par le même moyen?

Un rêve récent m'était resté en mémoire. Je me promenais à Paris avec Hélène et lui montrais la ville. Lorsque nous y étions allés ensemble il y a deux ans, son bras, accroché en permanence au mien, témoignait du plaisir qu'elle prenait à se laisser guider. Saint-Eustache, rue Montorgueil, rue de Cléry et le théâtre Antoine pour un Pirandello vite oublié. Nous étions arrivés en retard. Bien plus que des vertiges identitaires évoqués dans la pièce, je me rappelle du regard offusqué du portier, un Noir immense dont l'index posé sur les lèvres nous exhortait au silence, tandis qu'il nous menait à pas feutrés à nos places. La très belle et très inutile porte Saint-Denis nous plaisait beaucoup. Dans mon rêve, Hélène et moi longions un cours d'eau qui ressemblait au canal Saint-Martin et débouchait sur le lac de Zurich. Je reconnaissais la promenade de l'Utoquai et l'Opéra. Hélène me parlait d'un ton animé, mais je n'entendais pas ses paroles.

De telles confusions entre deux villes m'arrivent souvent, même à l'état de veille. Je traverse la Bahnhofstrasse et il me semble que je marche sur les Grands Boulevards, jusqu'à ce que l'étroitesse de la rue me ramène à la réalité. À un moment du rêve, le visage d'Hélène était remplacé par celui d'une Jacqueline légèrement vieillie. Ce visage était un pur produit de mon imagination onirique, car je n'ai plus revu Jacqueline depuis l'époque où elle vivait à la rue du Château-d'Eau.

C'est l'envie de revoir cette rue qui m'avait donné l'impulsion du départ. Au moment de boucler ma valise, j'avais regretté ma décision. À Rome ou à Vienne, villes que je connaissais peu, la possibilité du neuf et de l'inattendu aurait été bien plus grande qu'à Paris où, devant un décor su par cœur, je ne ferais que ressasser des souvenirs. C'est pourquoi j'avais très sciemment oublié de prendre avec moi mon plan par arrondissement et la nouvelle adresse de Jacqueline, manière de résister à mes penchants passéistes et de m'ouvrir à l'éventualité de surprises auxquelles je ne croyais pas vraiment dans le fond, mais alors, du coup, pourquoi entreprendre ce voyage ?

2

Je me suis réveillé dans ma chambre d'hôtel en fin de matinée. Mes pas m'ont porté vers le Marais. L'hôtel où je séjournais n'était pas très éloigné de la rue du Château-d'Eau, mais une sorte de superstition m'en éloignait. J'aime la rue Vieille-du-Temple, qui m'évoque les juifs coiffés de feutres verts des poèmes d'Apollinaire. Un attaché de presse proche de Jacqueline – il s'appelait Alain Ayache – nous avait invités un soir à manger chez lui, pas très loin d'ici. Nous étions sortis de chez Jacqueline sous la pluie et avions pris la rue de Lancry. C'est moi qui tenais le parapluie. Près de la République, Jacqueline m'avait montré le siège d'un quotidien célèbre. Elle aurait voulu quitter l'enseignement, qu'elle n'aimait pas, pour se consacrer définitivement au journalisme. Je trouvais quant à moi ses articles un peu laborieux, sans oser le lui dire.

Le Marais était rempli de gens pressés en quête de cadeaux de Noël. J'ai bu un café dans un bar-tabac de la rue des Francs-Bourgeois. Aurais-je dû prendre avec moi les coordonnées de Jacqueline ? Même si j'appelais un des journaux auxquels elle collaborait, nous étions samedi et je ne trouverais sans doute pas les gens qui auraient pu me renseigner. Je l'avais rencontrée au festival d'Avignon, à l'époque où moi aussi je faisais des piges. Quelques semaines et de nombreux coups de fil plus tard, elle me proposait de me prêter son appartement pendant ses vacances en Turquie. J'avais habité là plusieurs jours, prenant exagérément soin de tout, car je ne voulais laisser aucune trace de mon passage. L'après-midi, je traînais sur les Grands Boulevards. Par la suite, j'étais souvent revenu ici, mais pour y rejoindre Jacqueline.

Avant de la rencontrer, j'étais toujours allé à l'hôtel lors de mes séjours à Paris. Enfin, presque toujours. À dix-huit ans, j'avais séjourné pendant deux semaines près de l'avenue Trudaine. Le fait d'habiter un authentique appartement parisien me semblait alors un événement important. J'étais là en vacances avec mon ami Gaspard Sutter, invité par des proches de ses parents. Leur fille, Bérangère, avait le même âge que nous et fréquentait une école d'attachés de presse.

Lorsque j'avais mangé chez Alain Ayache, il avait évoqué ses années passées dans cette école, où, un soir, j'étais allé chercher Bérangère avec Gaspard Sutter. Fasciné par le monde du spectacle, Alain Ayache avait grandi en banlieue, à Pantin ou à Bobigny. Tout petit déjà, il était fasciné par les stars qu'il voyait le samedi soir à la télévision. À défaut de lui apporter la gloire et la fortune, son métier l'avait au moins amené à en côtoyer quelques-unes de près. Il devait avoir l'âge de Bérangère, mais je n'avais pas osé lui demander s'il la connaissait, car je l'avais perdue de vue depuis ces vacances avec Gaspard Sutter et ne m'autorisais pas à en parler comme d'une amie.

J'avais fait la connaissance de Bérangère à l'occasion d'un nouvel an chez les Sutter. Elle m'avait gentiment proposé d'accompagner Gaspard la prochaine fois qu'il viendrait lui rendre visite à Paris. Habitait-elle toujours ici ? J'aurais pu me lever et aller chercher son numéro dans l'annuaire. Il y a quelque temps, j'avais fait la réflexion à Hélène que la téléphonie mobile avait modifié nos habitudes au point que nous apprenions de moins en moins de numéros par cœur. Il suffisait de les inscrire dans la mémoire de l'appareil pour les en extraire au moment voulu.

Peu avant de partir à Paris avec Hélène, j'avais écrit à Jacqueline pour lui proposer un rendez-vous. Elle n'avait pas répondu à ma lettre, et j'avais imaginé qu'elle était encore fâchée contre moi. J'étais allé sous ses fenêtres à l'insu d'Hélène, sans savoir qu'elle avait déménagé. La lettre m'était revenue, munie d'un autocollant indiquant que sa destinataire n'habitait plus à cette adresse. Grâce à une Demoiselle du téléphone à voix numérique et aux pages blanches de l'Internet, j'avais constaté ensuite que Jacqueline n'était inscrite ni à Paris ni dans le reste de la France. Pendant de longs mois, j'avais vécu dans l'idée qu'elle était peut-être morte, jusqu'au jour où une inconnue m'avait téléphoné. Cette femme me dit être une amie de Jacqueline et habiter Zurich, comme moi. Elle m'avait proposé de rejoindre une troupe de théâtre francophone locale, mais ce n'était sans doute qu'un prétexte pour jouer les émissaires. J'avais appris ainsi que Jacqueline habitait désormais près des Buttes-Chaumont avec son nouveau compagnon.

3

La mère de Bérangère était venue nous chercher à la gare de Lyon. Nous avions remonté le boulevard Sébastopol à toute vitesse. C'était la première fois que je traversais Paris en voiture. J'avais été frappé de la manière dont cette ville s'ordonne différemment dans l'espace suivant qu'elle est parcourue à pied ou en voiture, quelles diverses gradations en font changer l'aspect. Je n'ai pas le permis de conduire.

Le souvenir d'un trajet automobile consécutif à une soirée passée chez des amis de Jacqueline se confond avec celui-ci. Un autre invité nous avait ramenés. Durant la soirée, bien arrosée, la conversation avait glissé sur les juifs français et ce goût proverbial du secret qui les éloignait du reste de leurs compatriotes. Jacqueline n'avait presque pas ouvert la bouche. Nous avions pris les voies express qui longent la Seine. La maison de la Radio et la tour Eiffel étaient illuminées. Je n'avais jamais traversé Paris à une telle vitesse. À cet instant, j'avais eu envie de tout plaquer et de m'installer ici avec Jacqueline. Nous serions allés nous promener le dimanche au Luxembourg. Finalement je n'étais pas allé à Paris mais à Zurich, où j'avais rencontré Hélène.

J'avais payé mon café et repris mes pérégrinations, passant devant l'architecture tubulaire qu'avait fait ériger cet homme politique dont j'avais lu enfant la mauvaise anthologie de poésie française. J'étais venu la première fois dans le quartier avec deux camarades de classe. Nous logions à l'hôtel Henri IV, place Dauphine. André Breton évoque cet établissement dans *Nadja*, dont quelques exemplaires en poche étaient exposés à la réception. L'hôtelier, une sorte de poussah barbu, avait failli nous mettre à la porte une nuit où nous étions rentrés très tard en hurlant dans l'escalier. J'éprouve une certaine nostalgie pour la bêtise enthousiaste et candide qui nous portait alors.

Ma promenade de maintenant ressuscitait l'adolescent d'autrefois, incontestablement plus attiré par la rive gauche que par la rive droite. Le temps s'était un peu réchauffé. J'ai acheté le *Pariscope*. *L'Arrangement* d'Elia Kazan au Ciné Actions Écoles. Je me rappelais le personnage joué par Kirk Douglas quand il ignorait ostensiblement les collègues de travail venus lui rendre visite après son accident de voiture. Je n'en étais sans doute pas à ce point, malgré mon goût pour les individualistes qui se soustrayaient à la société, écrivains aventuriers ou amateurs de corrida.

Hélène devait se faire du souci. Elle essaierait de m'appeler et entendrait sonner l'appareil dans la poche intérieure de mon veston brun rayé. J'avais raconté une fois à Jacqueline comment j'étais parti tout seul à Paris à vingt-deux ans, après un chagrin d'amour, passant trois jours enfermé dans les salles obscures du Quartier Latin à regarder film sur film. Quand je sortais du cinéma, j'avais l'impression de quitter le monde réel pour une fiction désespérante. Qu'allais-je faire ce soir? Revoir *L'Arrangement*, que j'avais déjà vu si souvent? Mes mauvais pressentiments d'avant le départ se confirmaient. Je perdais mon temps ici à la recherche de souvenirs enfouis et sans personne avec qui les partager : autant rentrer à Zurich.

Sur le chemin de la gare de l'Est, je passerais par la rue du Château-d'Eau, soigneusement évitée auparavant durant ma promenade. J'ai salué l'ancien immeuble d'Hélène avec moins d'émotion que je ne l'aurais imaginé. Les brasseries ne manquent pas dans le quartier. J'en ai choisi une au hasard. Manger ici était dépourvu de tout charme, surtout quand les beuglements de Johnny Hallyday et la distraction du garçon oubliant une première fois la commande résonnaient comme autant d'offenses supplémentaires infligées à une solitude dont j'avais l'impression qu'elle aurait dû, au contraire, susciter un respect compatissant. J'ai hésité à commander un tartare, anticipant la portion congrue et vaguement dégoûtante que l'on balancerait sur ma table, flanquée de son jaune d'œuf et de ses condiments, avant de finalement opter pour un steak frites saignant.

La viande était tendre, les frites croquantes. Je me sentais comme un voyageur de commerce entre deux trains. Et si ma valise avait contenu un de ces miraculeux mixeurs-broyeurs dont les camelots démontrent les mérites dans les foires, accompagnant leur boniment des gestes précis qui substituent la lame au fouet, râpent la carotte avant de la disposer dans l'habitacle d'où elle va ressortir en jus? Cette parole performative ne m'était pas échue, et c'était dommage, car les mines amusées de spectateurs forains m'auraient définitivement tiré du marasme, parachevant ce que les ingrédients du repas avaient déjà bien entamé. Après une courte promenade digestive aux alentours de la gare, je suis monté dans mon train presque de bonne humeur.

4

La vie que j'avais menée ces derniers temps ne me satisfaisait guère, l'étouffement me guettait. Mais en même temps, je ne savais pas du tout où cette fugue allait me conduire, et j'en appréhendais les suites. Quitter sa femme se justifie si l'on a rendez-vous avec les délicieuses tortures de l'amour passion, ce qui n'était pas mon cas. J'avais lu peu de temps auparavant le roman autobiographique d'un auteur suisse allemand, racontant comment, marié et bien installé, il avait quitté Zurich pour aller s'installer à Paris après avoir rencontré une jeune Française. Sur la couverture du livre, une photographie le montrait adossé à la balustrade d'un pont parisien. Il portait un imperméable crème et des lunettes noires.

À l'arrière-plan de la photo, on voyait le presbytère de Notre-Dame.

Ce romantisme assumé était enviable, mais il ne me concernait sans doute pas, ni même la «crise de couple». Plutôt une envie de recul par rapport à ma vie présente, dont j'avais peur qu'elle ne m'entraîne vers des aspérités – ou des abîmes? – dont mes obligations quotidiennes me préservaient d'habitude. J'avais deux semaines de vacances devant moi, ce qui m'exposait particulièrement. Pris en traître par un rêve et les surprenantes déformations de la mémoire, j'étais hanté par le souvenir d'une femme que je m'étais empressé de quitter dans la réalité.

J'étais plus reposé que la veille, car j'avais bien dormi dans le train. J'ai loué une chambre près de Central. Loger à l'hôtel dans sa propre ville est une chose étrange. J'avais visité quelques années auparavant le château de Chillon en compagnie d'une Japonaise rencontrée en Allemagne. Elle était venue suivre un cours d'été de français à Lausanne et m'avait rendu visite. On nous avait salués en japonais. La réceptionniste de l'hôtel me prenait sans doute pour un Français en vacances jusqu'à ce que je lui montre mon passeport suisse. J'ai rangé mes affaires dans la chambre, j'avais du linge propre pour deux jours. Avec ma clé, je pourrais aller dans l'appartement en l'absence d'Hélène. Mais je ne voulais pas rentrer à la maison, pas encore, je me laissais du temps.

Depuis la fenêtre de ma chambre, je voyais la structure de métal où s'enfile le funiculaire qui relie Central et l'École polytechnique. Mû par un câble ascendant et un câble descendant, il débouche, à la montée, d'un immeuble et s'élève dans les airs. Deux piliers juchés sur d'anciens remparts soutiennent les câbles une vingtaine de mètres plus loin, mais l'ensemble donne l'impression de défier les lois de la pesanteur, comme un jouet aux proportions géantes. J'ai toujours eu beaucoup de respect pour les fabricants de jouets.

Le funiculaire lui-même consiste en un parallélépipède rouge pouvant contenir à peu près une vingtaine de personnes. J'ai regardé un moment par la fenêtre, m'étonnant de ne pas en voir apparaître. Chaque fois que je passais par là, à pied ou en autobus, j'en apercevais un tantôt s'élever tantôt s'abaisser au-dessus de ma tête, ce qui laissait supposer des courses à haute fréquence. Je me suis brusquement rappelé que nous étions dimanche et qu'il ne circulait sans doute pas aujourd'hui.

J'avais expliqué une fois à Jacqueline que la Suisse était un pays de funiculaires et de trains à crémaillère. J'aimais contenter Jacqueline en lui brandissant des stéréotypes sur mon pays, l'entendre en retour me vanter la pureté de l'air et la politesse de ces automobilistes qui s'arrêtaient spontanément pour laisser passer les piétons.

5

Je suis sorti de l'hôtel avec une certaine
fébrilité. Je savais qu'en me promenant ainsi
dans la ville, je finirais par tomber sur des
connaissances communes. Que faisait Hélène
en ce moment? Comme chaque dimanche,
elle travaillerait l'après-midi à la télévision. Il
était près de neuf heures. J'avais envie de
jouer à l'assassin qui retourne sur les lieux de
son crime. Nous habitons un bel immeuble
du Seefeld. J'ai décidé d'y aller en tram
depuis Central, car il me semblait – un peu
absurdement sans doute, c'était encore trop
tôt, les rues étaient désertes – limiter ainsi la
possibilité d'une rencontre fâcheuse. Cette
impression de clandestinité était inconfor-
table, mais j'en ressentais aussi un certain

plaisir. Un frisson aventurier m'a traversé la moelle épinière tandis que je prenais mon billet au distributeur automatique. Il était plus judicieux de descendre une station avant la bonne et de faire un léger détour pour rejoindre notre immeuble. Hélène ne passait jamais par là, mais je savais aussi qu'il suffisait de penser à ce genre de choses pour que le contraire se produise. Or le contraire ne se produisit pas.

Jacqueline et moi étions séparés depuis quatre ans quand j'étais retourné voir l'immeuble de la rue du Château-d'Eau. Hélène était allée à une exposition Magritte au Jeu de Paume. Je l'avais laissé seule, sous le prétexte que je n'aimais pas ce peintre. J'avais pris le boulevard Saint-Martin depuis la République. Quand j'avais aperçu de loin le bureau de poste de la rue René-Boulanger, mon cœur avait battu plus fort. Les lettres que je recevais autrefois de Jacqueline en portaient le cachet.

Mes battements de cœur de maintenant me rappelaient ceux d'alors, mais ils n'étaient pas du même ordre. Le bureau de poste de la rue René-Boulanger avait été ce détail concret qui avait suscité l'apparition émouvante du passé. N'importe quel objet ou lieu emblématiques de ma vie révolue, le souvenir de tout être disparu auraient peut-être pu en faire de même. Or maintenant j'avais peur, et pour de bon, de tomber sur une Hélène en chair et en os devant laquelle je devrais me justifier.

À l'arrêt devant notre immeuble, de l'autre côté du trottoir, j'ai regardé en direction du troisième étage. Il me semblait qu'Hélène se tenait derrière les rideaux. Je suis resté là durant à peu près une minute qui m'a paru très longue. J'imagine qu'elle venait de se lever. Peut-être se trouvait-elle à la salle de bains, ou était-elle sur le point de. Mais peut-être aussi que mon départ avait perturbé ses habitudes. Sonnerais-je chez nous ou entrerais-je avec ma clé ? Si j'exceptais le détail de la Samsonite restée à l'hôtel, j'aurais très bien pu être un époux rentrant à la maison après une innocente escapade parisienne. Bonjour Hélène, c'est moi.

Tout à coup, la porte de l'immeuble s'est ouverte. Les Speck, nos voisins de palier. Ils étaient en face de moi, à cinq mètres. Nous ne les fréquentions pas. Je crois que Speck était un neurochirurgien assez connu. Ma tête a fait un petit signe dans leur direction, et je me suis dirigé vers la porte d'entrée. Je voulais leur faire croire que je rentrais tout simplement de ma petite promenade matinale, promenant un chien virtuel au bout d'une laisse fictive. Ils m'ont souri et m'ont tenu la porte. Je suis resté seul dans le hall de l'immeuble. La boîte aux lettres était vide. Hélène ne se trouvait qu'à quelques mètres de moi, malgré les murs épais qui nous séparaient. J'aurais pu aller la rejoindre sous les draps, mais mieux valait ne pas trop s'attarder. Des voisins plus compromettants que les Speck habitaient l'immeuble, je veux parler des Stoll, des amis à nous. Plus tard, je reviendrais plus tard.

6

Mes années d'avant Zurich m'apparaissent parfois comme une vie antérieure qui n'a plus rien à voir avec l'actuelle, peuplée de fantômes dont j'ai perdu la trace. J'ai quitté Jacqueline et suis sans nouvelles de Gaspard Sutter depuis plusieurs années. Notre amitié s'est étrangement interrompue, comme cela avait déjà été le cas par le passé. J'ai toujours eu l'impression que Gaspard Sutter faisait partie intégrante de ma vie. Il me suit partout, à l'image d'une de ces créatures mi-humaines mi-surnaturelles qui hantent le folklore juif. Je suis tombé une fois sur lui à Zurich, tout à fait par hasard, ce qui nous a conduits à renouer pour un moment. À quand la prochaine rencontre ?

Nous nous étions promenés plusieurs fois au bord de la Limmat, car la recherche d'un emploi dans les affaires – je n'ai jamais très bien compris lesquelles – l'amenait de temps en temps par ici. Gaspard Sutter m'avait enjoint de quitter cette ville qui, selon lui, n'était pas taillée pour moi. Seul Paris me conviendrait vraiment au vu de mes talents littéraires, m'avait-il dit en substance au cours de l'une de nos promenades. J'ai rompu par la suite tout contact avec lui, et je m'en sens un peu coupable.

Emmitouflés dans de gros manteaux en laine, les clochards habituels tapaient dans leur bouteille de rouge. Chaque fois que je passe à Bellevue, je suis frappé du contraste entre cette population errante et les hommes d'affaires pressés dont des fils invisibles relient les oreilles au reste du monde. Il paraît que les clochards finissent par s'attacher à leur état : quand on leur propose des abris chauds en hiver, des maisons qui les éloignent provisoirement de leur condition, ils les refusent.

J'ai traversé le Quaibrücke. Le froid piquait, il y avait un beau ciel bleu d'hiver ensoleillé avec des reflets presque aveuglants sur l'horloge du clocher de St. Peter. La Bahnhofstrasse était un peu moins déserte que d'habitude le dimanche. Peu avant Noël, les magasins ouvrent tous les jours. Mon oncle m'avait expliqué combien cette rue l'avait fait rêver enfant. Il contemplait les riches passants et s'était dit qu'il ressemblerait un jour à l'un d'entre eux. Je pense souvent à mon oncle quand je me promène dans Zurich. Je me demande quels étaient ses itinéraires préférés, s'il allait emprunter des livres à la bibliothèque Pestalozzi. Pour qui veut et doit gagner de l'argent, la flânerie est un luxe inutile.

Mon oncle envoyait des photos de lui à son père, qu'il a récupérées au moment de sa mort. Je les lui ai subtilisées. Elles sont datées et légendées au dos. Sur l'une d'entre elles, il a onze ans et est déguisé en soldat. Une vieille infirmière en uniforme se tient à ses côtés. La légende mentionne en allemand un séjour à l'hôpital pour cause d'appendicite. Il allait rendre visite à son père durant les vacances scolaires. Comment ce dernier, si attaché à la langue française, prenait-il le fait que son fils lui écrive en allemand?

Mon grand-père avait dû reprendre très tôt le commerce de charbon familial. Il n'avait jamais vraiment aimé cette activité où mon oncle excella plus tard. Sur son lit de mort, il lisait un grand auteur dans l'édition de la

Pléiade et m'interrogeait sur mes propres lectures. J'avais neuf ans, j'évoquais Philéas Fogg, les enfants du capitaine Grant. Je ne me rappelle plus quel livre il lisait. Était-ce les *Mémoires* du cardinal de Retz? Ma mère m'avait une fois parlé de son amour des classiques, et en particulier du cardinal de Retz, mais peut-être que ces deux souvenirs se confondent.

À cette époque je ne connaissais pas bien mon oncle, que j'avais aperçu très rapidement le jour de l'enterrement de mon grand-père. Entre treize et dix-huit ans, je l'ai vu tous les jours ou presque. Il m'avait recueilli à Lausanne après la mort accidentelle de mes parents. J'ignorais à neuf ans le rôle qu'il jouerait plus tard dans ma vie, de même qu'entre treize et dix-huit ans je ne savais pas encore qu'un jour j'habiterais Zurich et que je traverserais la Bahnhofstrasse en pensant à lui.

7

La période de Noël me remplit d'une douce mélancolie. J'aime me promener dans les rues marchandes avec Hélène. Nous marchons au bras l'un de l'autre et nous désignons mutuellement, quelquefois par plaisanterie, des objets susceptibles de nous plaire, un rasoir chic ou une paire de chaussures. Les vitrines de la Bahnhofstrasse, les longues guirlandes électriques qui l'illuminent le soir à cette période de l'année suggèrent l'abondance de cadeaux attendant d'être ouverts au pied du sapin. Odeurs d'orange et de cuir neuf. On aime se sentir un bonnet sur la tête.

Où passerais-je Noël si Hélène et moi en venions à nous séparer? Je suis entré chez Payot, la librairie francophone de Zurich. Au moment de pénétrer dans le magasin, il m'a semblé que le fugitif en rupture de domicile conjugal cédait la place au mari d'Hélène. Les employés nous connaissaient l'un et l'autre. Je me suis arrêté au rayon des poches. *Lolita* venait d'être retraduit. À la fin du livre, tout se terminait très mal pour le protagoniste, Humbert Humbert. Il croupissait au fond d'une cellule après avoir tué son rival auprès de la nymphette. J'ai acheté cette nouvelle édition de *Lolita*. Il faisait froid dehors, j'irais lire dans un café ou dans ma chambre d'hôtel.

Nabokov avait passé les dernières années de sa vie au Palace de Montreux. Je me suis arrêté au Savoy, qui, sans être tout à fait le Palace de Montreux, était mieux que le Niederdorf, plus discret. L'état de mes finances m'interdisait de jouer les Barnabooth et de louer une chambre ici. Mais l'hôtel du Théâtre, où je logeais près de Central, n'était pas mal non plus, avec sa vue sur le funiculaire. Lorsque je pousse les portes à tambour des grands hôtels, je pense à tous ceux qui m'y ont précédé. Apatrides de luxe, antécédents glorieux. On devait pouvoir prendre un petit-déjeuner ici. En effet, on pouvait. Devant un café au lait et des croissants, j'ai attaqué *Lolita*.

Dans ma prime jeunesse, je ne tombais pas amoureux de nymphettes, mais de femmes plus âgées que moi. Lorsque Jacqueline était venue me rendre visite pour la première fois, nous avions pris le funiculaire du Mont-Pèlerin. Sur le chemin du retour, elle avait abordé la question de notre différence d'âge. Nous avions convenu qu'elle n'était pas trop visible, ce qui nous situait l'un et l'autre dans une durée indéterminée où nous parvenions à nous rejoindre.

J'avais su l'âge de Jacqueline avant qu'elle ne me le dise, durant les quelques jours que j'avais passés seul dans son appartement. Elle avait une belle bibliothèque, très fournie dans le domaine théâtral. Sur la page de garde de certains de ses livres figuraient au crayon son nom et l'année où elle les avait achetés. C'est en interprétant ces dates que j'avais pu déduire son âge. Dix ans de plus que moi. Mes investigations s'étaient étendues au reste de l'appartement. J'étais tombé sur de vieilles lettres d'amour, ses premières critiques de théâtre, des photos d'elle prises par des professionnels. Elle avait été actrice, mais ne s'était pas trop acharnée dans cette voie. Une pièce avec une troupe semi-amateur montée à la Cité universitaire, quelques petits rôles au cinéma. Une carrière courte, vite abandonnée pour l'enseignement et le journalisme. J'avais exploré ce passé avec la curiosité malsaine et un peu fascinée d'un détective. L'invitation de Jacqueline légitimait ma muflerie. Ses secrets m'appartenaient déjà d'une certaine manière, elle voulait me les faire partager. Du moins, c'est ce que je m'étais dit.

8

Je suis rentré à l'hôtel à pied en faisant un détour par la gare. Mentalement, j'ai salué la statue du fondateur de la Suisse moderne. Si j'avais eu un chapeau sur la tête, je l'aurais volontiers soulevé. J'aime la barbe hugolienne du grand homme, je l'imagine en patron autoritaire régnant sur ses banques et ses chemins de fer. Sur de vieux daguerréotypes, il est assis au centre d'une ribambelle de petits-enfants.

La porte de ma chambre d'hôtel s'ouvrait à l'aide d'une carte. Fermerais-je les volets et m'allongerais-je sur le lit? Avais-je envie de me jouer à moi-même la comédie désagréable mais somme toute assez commode des premiers symptômes dépressifs? Oui. J'ai toutefois pris la peine d'ôter mes souliers et le couvre-lit avant de me coucher. Dans la salle de bains m'attendaient la savonnette lanolinée ainsi que les verres à dents en plastique recouverts de leur emballage habituel. Une comédie, vraiment? Ma léthargie n'était pas une posture, et je ressentais une immense envie de dormir. Au moment de m'allonger je me suis rappelé une phrase d'auteur disant que la lucidité est à son apogée entre le dernier sommeil et le réveil définitif.

Un songe inquiétant m'avait visité il y a peu, rejeton de Kafka et du surréalisme. Je m'étais transformé en une créature monstrueuse, pourvue de plusieurs paires d'yeux, dont l'un se trouvait à l'extrémité d'une tige rigide, mi-chair, mi-os, comme un minuscule bras qui aurait formé une excroissance de mon front. J'avais voulu sectionner l'articulation indésirée, l'arracher, mais la présence indubitable de l'œil, cette viscosité où je pressentais toute la fragilité d'un organe vivant m'avaient empêché de le faire.

Autrefois je racontais mes rêves à Hélène, maintenant plus. Nos habitudes étaient muettes. Quand nous lisions le journal, je savais quel cahier lui passer en premier. Ma rencontre avec Hélène avait incontestablement structuré mon existence, qui ressemblait désormais à un vêtement bien coupé, trop sans doute. Pourtant elle respectait mon besoin d'indépendance.

C'est l'obtention de notre bel appartement qui nous a incités à vivre ensemble. Nous avions été éblouis pendant la visite d'usage par la taille des pièces et la hauteur des plafonds. Une vague connaissance m'avait donné le tuyau. Son allemand téléphonique s'était déversé dans mes oreilles comme des paroles en rêve dont je n'avais saisi que des bribes, mentionnant qu'un cinq-pièces se libérait quelque part, oui, je voyais à peu près où. Färberstrasse 27.

Hélène et moi nous étions promenés quelquefois dans ce quartier. Un soir nous avions parcouru la Seefeldstrasse à la recherche d'un restaurant où elle était allée en compagnie d'une de ses collègues de la télévision. Elles avaient mangé là l'été précédent, sur la petite terrasse installée devant l'établissement. Nous étions à la fin de l'hiver, la petite terrasse avait disparu et l'aspect extérieur du restaurant lui avait semblé tout différent. Pourtant c'était bien là, elle avait reconnu l'emplacement des toilettes à l'intérieur de la salle. En revenant vers la ville, nous avions traversé la Färberstrasse. J'en avais fait la remarque à Hélène par la suite, interprétant cette promenade comme un signe du destin.

9

Après le temps des restaurants était venu celui des premiers bains. J'avais converti Hélène aux charmes de l'Utobad. Seule une visite permet d'appréhender la taille réelle de l'établissement. Son niveau supérieur, d'où émergent quelques torses nus, est divisé en cinq terrasses auxquelles on accède par des escaliers. Entre ces terrasses, le niveau inférieur se partage en compartiments où peuvent s'allonger les baigneurs, y fumer, y lire, y dormir. Cette subdivision a pour fonction tantôt de séparer les sexes, tantôt de les réunir. Les zones «hommes» et «femmes» sont situées aux extrémités, la mixité bénéficiant de deux aires distinctes et de la terrasse intermédiaire. Debout au bord de l'eau, des maîtres nageurs en chemisette et pantalons courts contrôlent le flux et le reflux natatoires. Trois plates-formes rectangulaires, situées à une cinquantaine de mètres du rivage, permettent aux nageurs de se sécher au soleil tout en étant bercés par le léger remous du lac.

Durant la deuxième moitié de juillet, l'Utobad devient très agréable, car les départs en vacances le vident pour une bonne part. J'avais convaincu sans peine Hélène de m'y accompagner. Nous avions passé plusieurs après-midi dans la zone mixte, nous amusant à faire de discrets commentaires sur nos voisins. Il y avait des hommes d'affaires anglais ou français, quelques femmes de la «bonne société» zurichoise. Quand nous avions emménagé à la Färberstrasse 27, je m'étais réjoui de la proximité de l'Utobad mais, en réalité, cela faisait un moment qu'Hélène et moi n'y allions plus que très occasionnellement. Hélène avait fini par se moquer de mon engouement pour l'endroit, où l'on retrouvait d'une année à l'autre à peu près les mêmes corps et les mêmes visages, qui se distinguaient parfois par de légers signes de vieillissement ou un nouveau maillot de bain.

On pouvait nager jusqu'à un établissement assez semblable situé de l'autre côté du lac. À cette hauteur, la distance entre les deux rives est de huit cents mètres. La traversée dure vingt à vingt-cinq minutes environ. Je n'aurais jamais osé la faire seul. Il fallait prendre garde aux grands bateaux dont le spectacle était moins beau que la noria lente des vieux petits vapeurs à aubes aux couleurs d'ambulance qui, à chaque embarcadère du lac Léman, passent silencieusement charger des ombres. À la moitié de la traversée, le clocher de St. Peter disparaît derrière la tour du Fraumünster.

J'aurais aimé écrire un roman d'espionnage se déroulant dans le milieu de la haute finance internationale. Zurich y aurait occupé une place centrale. J'avais imaginé une scène de meurtre spectaculaire à l'Utobad un samedi après-midi. La cible allongée aurait été visée avec un pistolet muni d'un silencieux et transpercée d'une balle en plein cœur. Le tireur, servi par un angle favorable qui lui aurait à la fois permis d'atteindre sa cible et de n'être aperçu d'aucun témoin, serait ressorti tranquillement de l'établissement. Après une bonne minute, la flaque de sang commençant à se former aurait fini par arracher le voisin de la victime à sa somno-

lente quiétude. Des cris, la panique. En attendant l'arrivée de la police, le cadavre, car c'en
aurait bien été un désormais, aurait été recou-
vert de serviettes de bain.

Crois-tu que nous finirons par ressembler
à un de ces couples de l'Utobad? m'avait
demandé une fois Hélène avec un sourire
qui dissimulait mal son inquiétude. Être un
couple de l'Utobad revenait à entrer dans un
ordre religieux aux règles strictes. La fidélité à
l'Utobad devait se prouver par les Œuvres.
Deux semaines d'absence pour cause de
vacances suffisaient à menacer le sérieux de la
vocation. Les couples sans enfants de l'Utobad défiaient le temps à leur façon en se can-
tonnant dans l'habitude. Nous avions préféré
fréquenter l'établissement avec parcimonie,
comme ces chrétiens qui ne vont à l'église
que pour la messe de minuit.

10

Quand j'avais commencé à envisager sérieusement notre cohabitation, je rêvais d'un lieu qui me permette de préserver ma solitude tout en vivant sous le même toit qu'Hélène. Nous aurions dressé le cadastre du partageable et de l'impartageable. J'avais entendu parler d'un écrivain célèbre qui avait vécu dans un spacieux « duplex » parisien, près du Palais-Royal, acheté en copropriété avec sa femme. Au moment de leur divorce – à l'amiable – ils avaient décidé de faire ôter l'escalier intérieur. Chacun avait pris un étage et s'y était installé. Cette histoire me semblait l'allégorie de mon idéal domestique. Sans être un « duplex » parisien, l'appartement de la Färberstrasse 27 était du moins assez grand.

Le mieux aurait été de faire chambre à part, comme les couples de l'aristocratie russe.

Peu avant mon réveil, j'ai rêvé que je me dirigeais d'un pas vif en direction de la rue du Château-d'Eau. Quand j'étais sorti du train de nuit à la gare de l'Est, il ne faisait pas encore assez clair pour que je puisse apercevoir la porte Saint-Denis et la mairie du Xe arrondissement. Dans mon rêve, je devais sans doute venir du même endroit, mais je n'avais ni valise ni parapluie sous le bras et il faisait jour. Je descendais la rue du Faubourg Saint-Denis. La fameuse porte construite sous Louis XIV et les dentelles de la mairie se détachaient de plus en plus nettement dans un poudroiement de lumière d'après-midi. Je portais un revolver à la main, mais passais de manière inaperçue à travers la foule. Au moment de tourner à gauche pour prendre la rue du Château-d'Eau, je m'apercevais que le bâtiment de la mairie était relié au mont Pèlerin par un funiculaire. Mon pas s'accélérait. Je me suis réveillé peu avant de pénétrer dans l'immeuble de Jacqueline. Hélène ne se trouvait pas à mes côtés, je n'étais pas dans notre lit conjugal.

J'avais très vite appelé ce locataire en instance de départ dont on m'avait donné les coordonnées. C'était un homme d'affaires qui venait d'être muté par son entreprise au Brésil et devait rapidement trouver quelqu'un, sous peine de payer deux loyers. Nous avions obtenu un rendez-vous à quatre heures. Il semblait enchanté de nous voir. Trois semaines plus tard, nous étions installés à la Färberstrasse 27.

Quand j'étais plus jeune, un réflexe dont j'ignore l'origine me poussait à lire les pages de l'annuaire téléphonique. Lorsqu'une inscription me plaisait – j'étais tombé une fois sur un Lausannois qui, à la rubrique « profession », s'était inscrit comme *rabbin itinérant* – j'allais parfois jusqu'à vérifier la chose sur place. J'aimais aussi relever les noms sur les boîtes aux lettres des immeubles élégants. Une lumière allumée derrière de belles fenêtres suffisait à alimenter ma rêverie. Louis Muller, avenue de Rumine 48, Constantin Marcoussis, avenue des Mousquines 17.

D'où venait le prestige de ces inconnus illustres à mes yeux mais que, pour rien au monde, je n'aurais voulu connaître en chair et en os? J'imaginais parfois un adolescent, semblable à celui que j'avais été autrefois, contemplant les fenêtres de mon appartement et venant relever mon nom à l'entrée.

J'étais peut-être devenu une créature mythique, à l'instar de Louis Muller et de Constantin Marcoussis.

11

J'avais faim. Je me suis dirigé vers la gare
et ce qui avait dû être autrefois le buffet
deuxième classe. Le hall était rempli de sa
faune errante habituelle. Je me suis souvenu
de propos fameux de Boris Vian. En secondes
noces, il avait épousé une Zurichoise, Ursula
Kübler. Au cours d'une visite du couple à la
belle-famille, le père d'Ursula avait emmené
Vian ici même (en fait je n'en étais pas sûr,
car la gare était grande, ses buvettes et restaurants nombreux) et il lui avait désigné les
quelques ivrognes qui se tenaient toujours à la
même table. Vian aurait alors répondu à son
beau-père que les Suisses allaient à la gare
mais ne partaient pas.

Arnold Kübler était un journaliste connu

qui avait entièrement conçu un beau livre illustré, relation d'un voyage à pied de Bâle à Paris. J'avais eu une fois ce volume entre les mains. La phrase de Vian était sans doute fausse, mais elle me concernait peut-être. Un téléphone rongeait son frein en bas près des toilettes. J'ai composé notre numéro. C'était un ancien appareil, dont les touches métalliques me semblèrent de plomb. Un coup, deux coups, trois coups. Hélène était-elle à la maison ? Pas de réponse. J'ai entendu le message enregistré sur le répondeur. C'est donc qu'elle était partie travailler normalement. J'ai été à la fois soulagé et vexé que la vie continue pour elle comme si de rien n'était. J'ai commandé un émincé à la zurichoise. Arnold Kübler avait-il fait goûter à Vian l'émincé du buffet de la gare ?

En Suisse, on répond au téléphone en déclinant ses nom et prénom, pas comme en France où un simple « allô » est de rigueur. La première fois que Jacqueline m'avait appelé à Lausanne depuis Avignon, elle s'était étonnée de ma manière de répondre. Elle avait eu l'impression d'avoir affaire à l'employé d'une banque ou d'une compagnie d'assurance, m'avait-elle dit plus tard. J'ai pris depuis l'habitude de dire « allô » en toutes circonstances, mettant parfois mes interlocuteurs suisses dans l'embarras. J'aurais aimé que Jacqueline se trouve avec moi maintenant. À l'époque où je la fréquentais, je ne connaissais évidemment pas Zurich aussi bien qu'aujourd'hui, mais nous avions quelquefois évoqué cette ville. Elle y était allée, petite, avec son père et une de ses tantes qui habitait en Allemagne.

Un soir dans un restaurant de la rue du Faubourg Montmartre, j'avais été présenté à Jean K., le père de Jacqueline. Il était atteint de la maladie d'Alzheimer, ce qui avait donné un tour désordonné et fragmentaire à notre conservation. Juif berlinois, il avait passé son bac peu avant 1939, et s'était réfugié en Suisse. Nous avions parlé allemand, à la joie fascinée des convives, qui ne comprenaient pas un traître mot de notre conversation. Jean K. m'avait dit quelques bribes de phrases en dialecte alémanique. Jacqueline m'avait parlé de ses années suisses, sans en connaître vraiment le détail. Avait-il commencé ses études de médecine à Zurich? Il avait aussi mentionné Genève. Je crois que les deux villes et leurs configurations semblables, le fait qu'elles soient chacune traversées par un fleuve et situées au bord d'un lac se confondaient dans sa mémoire.

À la fin de la guerre, il s'était installé à Paris où il avait terminé sa médecine et ouvert un cabinet. Il avait dû reprendre ses études en France depuis le P.C.B. car ses examens suisses n'avaient pas été validés. Après son mariage, il n'avait plus parlé que la langue de son pays d'adoption. Il était vraiment content de rencontrer un Suisse.

Jean K. aimait la littérature et avait écrit une nouvelle en allemand dont Jacqueline m'avait prêté la photocopie. J'avais lu le texte devant elle en le lui traduisant progressivement. Il y était question d'un juif traqué durant la Seconde Guerre mondiale. Le récit était entrecoupé de passages en italiques relatant des souvenirs de la Bahnhofstrasse et du bord du lac de Zurich, où le protagoniste s'était promené avec un amour de jeunesse.

J'aurais aimé que Jean K. puisse me parler en allemand du Berlin d'avant la guerre. Jacqueline m'avait montré un livre de photographies en noir et blanc consacré à la capitale allemande sous la République de Weimar. La raison sociale d'une entreprise de transports figurait lisiblement sur le flanc d'un camion passant à l'Alexanderplatz. Le propriétaire de cette entreprise, apparemment assez importante, avait été le grand-père paternel de Jacqueline. Ainsi son nom, inscrit sur les nombreux véhicules de l'entreprise, imprimé sur des affiches publicitaires, était-il connu de la plupart des Berlinois.

Il m'arrivait de croiser dans les rues de Zurich des passantes dont les traits me rappelaient ceux de Jacqueline. On lui disait souvent qu'elle ressemblait à Marlène Dietrich. Si elle m'avait rendu visite à Zurich, elle aurait peut-être cherché la trace de son père dans la ville, ou du moins celle du personnage de sa nouvelle. Nous nous serions assis à la terrasse panoramique d'un hôtel. Le serveur aurait pris sa commande en français. J'oubliais que nous sommes en Suisse, vous parlez toutes les langues. Une mouche se serait posée sur la table, près de sa limonade. J'aurais tenté d'enregistrer chaque détail de cet après-midi de printemps afin de l'immortaliser dans mon souvenir. Un peu absurdement sans doute, les épisodes de la commande et de la mouche m'auraient frappé plus que le reste.

12

Le cadran de St. Peter affichait deux heures quand j'ai retraversé le pont de la gare. Depuis hier matin, je n'avais parlé à personne. À Zurich j'avais l'habitude d'une certaine solitude. Je pouvais me déplacer dans la ville pratiquement incognito. J'ai attendu le tram à Central, tout en retraçant dans ma tête quelques moments importants passés avec Hélène. Si nous n'avions pas décidé d'habiter ensemble, que serait-il advenu de notre histoire ?

Je suis descendu à Bellevue et j'ai pris la voie détournée de la Theaterstrasse, comme je l'avais fait tout à l'heure. Cette fois-ci, j'étais décidé à pénétrer dans l'appartement. La boîte aux lettres était vide. J'ai gravi les escaliers et suis resté à l'arrêt devant la porte. J'ai glissé la clé dans la serrure. Le pêne résistait. Il me semblait que j'étais en train de commettre un cambriolage. Cette impression s'est aggravée lorsque je me suis rendu compte que je me trouvais sur le palier des voisins du dessous. Ce n'étaient ni les Speck ni les Stoll, mais les Hamm, dont j'avais jusqu'ici ignoré l'existence. Je crois que je ne les avais jamais vus. Heureusement, ils n'étaient pas chez eux. Je suis monté jusqu'au bon étage. Mon nom et celui d'Hélène figuraient sur une petite plaque en laiton. J'ai appuyé timidement sur la sonnette, et j'ai attendu une bonne minute avant d'entrer.

Rien ne semblait avoir changé. Le silence était troublant, j'avais envie de mettre un disque, sans trop oser le faire. Dans la chambre à coucher, la planche à repasser était dépliée, recouverte de piles d'habits qui m'appartenaient. Chemises, chaussettes, sous-vêtements soigneusement pliés. Hélène avait dû faire la lessive la veille et repasser ce matin. Elle s'attendait donc à me voir bientôt revenir. J'ai eu l'impression que ces habits propres étaient là pour moi, destinés ostensiblement à ce que je les emporte. J'ai mis quelques affaires dans un sac en plastique. La pile avait suffisamment diminué pour qu'Hélène s'aperçoive de mon passage. Tant de prévenance de sa part avait quelque chose de touchant et d'énervant à la fois.

Durant mes séjours à la rue du Château-d'Eau, j'avais été frappé par l'ordre qui régnait chez Jacqueline. Comme elle n'avait pas de machine à laver, nous allions dans une laverie automatique de la rue de Lancry, près de l'échoppe d'un cordonnier chez qui j'avais fait une fois ressemeler mes souliers. Il m'avait expliqué comment les attacher sans en casser les lacets. Il fallait enfiler le lacet dans le trou supérieur d'une rangée, puis le glisser immédiatement dans le trou inférieur de l'autre rangée. Depuis, j'ai toujours lacé mes chaussures ainsi, mais je n'ai jamais réussi à convaincre ni Jacqueline ni Hélène de l'efficacité de cette méthode. Puisque j'étais chez moi, j'aurais aussi pu changer de chaussures.

J'ai vérifié si mon téléphone portable se trouvait encore dans la poche intérieure de mon veston brun rayé. À part Rémy Corbin qui s'ennuyait toujours le week-end et cherchait ma compagnie, personne ne m'avait laissé de message. L'appareil s'était éteint de lui-même. Hélène, à supposer qu'elle ait été là à ce moment, n'avait sans doute pas entendu l'appel de Rémy Corbin. Mon téléphone avait dû sonner uniquement au moment où elle avait essayé de m'appeler. Elle aurait pu bien sûr parcourir mon répertoire ou écouter tous les messages que j'avais reçus ces derniers temps, mais je savais qu'elle ne le ferait pas et je n'avais rien à cacher. J'ai finalement laissé l'appareil dans mon veston.

Un billet sur la table de la cuisine aurait été de circonstance, un peu moins succinct que celui d'avant mon départ pour Paris («j'ai besoin d'un peu d'air»). Il me semblait que «me retirer quelques jours pour faire le point sur notre relation» risquerait d'énerver Hélène, qui m'avait toujours reproché d'être un puriste en matière de langage. Elle aurait peut-être l'impression que je me moquais d'elle.

Il y a quelques semaines, Hélène était revenue d'un concert à la Tonhalle où Alexandre Sokourov avait joué les *Kreisleriana* dont j'aime tant l'attaque joyeuse. J'avais oublié le nom des autres morceaux mentionnés dans le récit d'Hélène. Sokourov avait failli quitter la salle au début du concert en raison de la sonnerie inopinée d'un téléphone portable pendant un pianissimo. D'après ce qu'Hélène, assise à l'arrière, en avait entendu, il devait s'agir de l'ouverture de *Guillaume Tell*, dont une main en détresse avait tenté désespérément de faire taire la version numérisée. Des cris avaient prolongé cette vaine gesticulation, car le pianiste déjà se levait, quittait la salle effarée.

Une minute plus tard ou deux peut-être – le temps d'un court discours comminatoire tenu par une déléguée à la direction qui s'était précipitée sur le devant de la scène sitôt le soliste réfugié dans les coulisses – Sokourov recommençait les *Kreisleriana* depuis le début. Il avait au bout du compte obtenu un grand succès et joué de nombreux *bis*. Moyen de se faire pardonner ce qu'il aurait lui-même interprété *a posteriori* comme l'attitude exagérément capricieuse d'une diva ? Ou réponse rassurante aux applaudissements chaleureux mais inquiets d'un public qui avait également quelque chose à se faire pardonner ? Toujours est-il que la salle tout entière s'était levée à la fin du concert, et j'avais fait la remarque à Hélène que *standing ovation* se traduisait très mal en français.

13

Hélène me demande souvent le sens de certains mots français. Sa facilité pour apprendre de nouvelles langues me déconcerte. Elle en parle déjà couramment sept, et j'imagine que ce n'est pas fini, car il paraît que cela devient beaucoup plus facile à partir de la huitième. Les langues représentent avant tout pour Hélène un moyen de communication. «Ne t'en fais pas pour moi, je reviendrai bientôt» me semblait aussi mauvais que «nous n'irons plus au bois, les lauriers sont coupés». Me retirer quelques jours pour «faire le point sur notre relation» n'était pas si mal après tout, mais j'ai décidé de renoncer au petit mot et de garder mes chaussures aux pieds.

Dehors il commençait à pleuvoir. J'avais laissé mon parapluie à l'hôtel. Je me suis dirigé vers la gare et suis monté sans trop réfléchir dans un train pour Bâle. J'avais la clé de ma chambre d'hôtel, je pouvais rentrer quand bon me semblerait. J'aurais même pu prendre une deuxième chambre d'hôtel à Bâle et, pourquoi pas, y passer Noël. Je serais ainsi allé d'une chambre d'hôtel et d'une ville à l'autre, alternant entre Bâle et Zurich. Cette vie vagabonde n'aurait pas été pour me déplaire pendant un certain temps.

Dans le train, je me suis assis à proximité d'un groupe de jeunes filles qui parlaient français. L'une d'entre elles était jolie, j'ai admiré sa chaude chevelure châtain. Ses bras nus, d'une teinte mordorée très sombre, étaient zébrés d'égratignures ressemblant à de minuscules lignes en pointillé faites de rubis coagulés. Je lisais la *Neue Zürcher Zeitung*, elles me prenaient pour un Suisse allemand. J'ai compris qu'elles allaient à un concert à Bâle. Où dormiraient-elles, à l'auberge de jeunesse? Pensant que je ne les comprenais qu'à moitié, elles se sentaient libres de dire des insanités. Celle qui était assise en face de la plus jolie a prétendu simuler un orgasme dans le train. Elle menaçait sans cesse ses amies de passer à l'acte. «Orgasme» est un mot répandu dans suffisamment de langues pour éveiller l'intérêt de toutes les oreilles qui traînent. Il fut clair assez vite qu'elles me trouvaient mignon. Leurs tournures étaient à la fois raffinées et légèrement vulgaires, comme c'est souvent le cas chez les adolescentes.

La plus jolie s'est mise à réciter du Molière, des extraits du *Tartuffe* et le sonnet d'Oronte dans *Le Misanthrope*. J'étais littéralement enchanté, même si je comprenais bien que la petite gueuse était mue davantage par le désir de briller devant ses copines que par l'amour des belles-lettres. Mais tout de même, cette insolence était charmante. Elle m'était en partie désignée. J'étais sans doute un Tartuffe en puissance, voire un Alceste, faute d'oser entrer en matière avec cette délicieuse Célimène. J'ai regretté de ne pas les avoir abordées.

Une dame blonde dans les soixante-deux ans a traversé le wagon plusieurs fois, poussant son chariot de boissons. Elle s'adressait aux clients dans un allemand un peu affecté, mais parfait. Il m'a semblé à l'entendre qu'elle était de langue française. Une institutrice au chômage, recyclée dans la restauration? J'aime traverser la Suisse en train, m'assimilant à une éponge capable d'absorber toutes les conversations environnantes. Sur le trajet de Genève à Saint-Gall, les dialectes alémaniques prennent peu à peu l'avantage sur le français. Il faudrait savoir décrire ces nuances d'accent et de vocabulaire, qui changent tous les cinquante kilomètres. Kafka, dans son *Journal*, écrit, après un court séjour à Zurich, que le suisse allemand – donc le zurichois selon toute vraisemblance – est de l'allemand coulé dans du plomb, ce qui est un peu méchant. Que dire de l'allemand de Prague? Je ne l'ai jamais entendu, et pour cause.

14

J'avais passé les premières années de ma vie à Bâle, où je ne connaissais pratiquement plus personne. Par un hasard étrange, une tante d'Hélène habite le quartier de mon enfance. Quand je traversais ces rues familières avec Hélène à mes côtés, le passé et le présent se réunissaient sans accroc.

La première fois que je l'avais rejointe chez sa tante, j'avais vu les juifs orthodoxes du quartier qui se dirigeaient vers la synagogue. Enfant, je les avais toujours remarqués, avec leurs chapeaux et leurs redingotes. Peu avant d'arriver devant l'immeuble, j'avais aperçu Hélène qui observait le va-et-vient de la rue depuis une fenêtre en saillie. Elle m'avait souri. J'étais ému de retourner dans ce quartier et que quelqu'un m'y attende.

À la sortie du train, j'ai laissé derrière moi le groupe de jeunes filles et me suis dirigé vers le buffet de la gare, près de la douane française. Une passerelle récente surmonte désormais les quais. Le hall est décoré de fresques représentant le lac des Quatre Cantons et quelques sommets célèbres. C'est là que j'avais fait la connaissance du père de Gaspard Sutter. Il avait conduit ses enfants à la gare. Gaspard et sa sœur étaient depuis peu dans notre classe, en provenance du Congo. Leur père leur avait fait la bise. À moi aussi, il avait fait la bise. J'imagine que Gaspard lui avait parlé de moi. Toute la classe avait pris le train pour aller au Musée des transports de Lucerne.

J'ai commandé une bière brune. J'étais venu manger ici avec Hélène à notre retour de Paris. À l'heure qu'il était, elle devait monter les petits documentaires qui passeraient au journal télévisé. Si j'avais eu mon téléphone portable avec moi, j'aurais pu appeler Rémy Corbin. Il était arrivé en même temps que moi à Zurich, et nous avions passé beaucoup de temps ensemble au début de notre séjour. Nous étions comme deux touristes à déambuler dans la ville. Un soir, nous avions vu une copie restaurée de *La Comtesse aux pieds nus* au

Filmpodium, dont les sièges avaient ce revête-
ment pelucheux noir et blanc à motif «cuir
de vache» d'avant la rénovation entière de la
salle.

Je m'étais souvent promené dans les rues
de Bâle avec Gaspard Sutter. Il m'initiait aux
films et aux chansons à la mode, me donnait
ses vieilles chemises. Une paire de chaussures
«bateau» m'était revenue, que j'avais portée
quelques années. Nous sortions le soir, à l'At-
lantis, au café des Arts. Je crois que la mère de
Gaspard Sutter m'aimait bien. Mon côté
«chien perdu sans collier» lui rappelait sa
propre enfance. J'avais lu *Comment se faire des
amis*. L'optimisme américain de Dale Carnegie
m'avait emballé sur le moment, mais il n'avait
pas bouleversé ma vie et c'était sans doute
pourquoi je n'étais pas devenu un homme
d'affaires, au contraire de mon oncle pour qui
la lecture de ce livre à dix-neuf ans avait été
déterminante.

Mais j'aurais tout de même voulu à cette
époque porter des complets-veston «griffés»
et rouler dans une grosse voiture. Pour mieux
ressembler à mon oncle, je lisais les livres qu'il
avait lus. Je lui avais offert *Le Guépard* de Lam-
pedusa pour ses cinquante ans. Il avait apprécié le cadeau, s'était complètement identifié

au prince Salina. Or à la réflexion, je ne trouve pas que mon oncle ait grand-chose à voir avec le prince. Il ressemble plutôt à Don Calogero, le petit bourgeois qui gravit tous les échelons du pouvoir et marie sa fille, Angélique, au neveu du prince, Tancrède.

15

L'école française de Bâle : rien ne prédisposait cette villa de deux étages à devenir une école. La cour de l'immeuble, où les classes se succédaient entre dix et onze heures, était trop petite pour que plus de vingt élèves y passent la récréation en même temps. Une ficelle attachée à deux piquets tenait parfois lieu de filet de volley-ball. Les parents de mes camarades concevaient de nouveaux antidépresseurs ou analysaient la courbe de serpents monétaires pour la Banque des règlements internationaux, dont le building ressemblait à une boîte de Nescafé au couvercle évasé, à côté de la gare de Bâle.

À la sortie des classes, Louis Duret se faisait cueillir par un chauffeur en limousine. La

Chevrolet s'arrêtait un peu en retrait de l'école, restant ainsi invisible aux yeux des autres élèves, même si tout le monde avait fini par le savoir. Aucun de nous ne parlait allemand, encore moins suisse allemand. Nous formions une petite colonie d'exilés, une Lilliput polyglotte. L'école était peuplée de nationalités diverses, les Français dominant en nombre. À l'entrée, la première chose qui attirait le regard était une photographie de Giscard d'Estaing suspendue au mur. Quand Mitterrand avait été élu, la plupart de mes camarades de classe – ou plutôt leurs parents, qui parlaient à travers eux – n'avaient pas dissimulé leur rogne.

Je me rappelais le retour de nos promenades au parc ou au jardin zoologique. Nous marchions deux par deux en nous tenant par la main. Jeanne Fressard me plaisait. J'aurais aimé caresser la frange qui lui recouvrait le front. Sa coiffure était si parfaitement ordonnée que l'on eût dit celle d'une poupée.

Un de mes camarades de classe, Pierre Chalon, connaissait non seulement tous les films de Hitchcock, mais il était capable de m'en faire le résumé. Mes parents n'avaient pas la télévision et nous allions assez rarement au cinéma. J'inventais des scénarios en m'inspirant de titres de films que je n'avais pas vus. Pierre Chalon m'avait raconté la traque de Cary Grant dans *La Mort aux trousses* et le briquet de *L'Inconnu du Nord-Express*. Ses explications me laissaient un sentiment de frustration. Nous arrivions en vue de l'école, bientôt nous devrions nous séparer et reprendre nos places en classe. Je lui demandais pourquoi Hitchcock était un grand cinéaste, tâchais vainement de comprendre ses explications, mais comment aurais-je pu saisir ce que Pierre m'en disait puisque je n'avais vu aucun des films du *maître du suspense*? J'ai rattrapé mon retard par la suite dans les cinémathèques, mais la liste des films dont je ne connais que les titres est encore longue.

Qu'étaient-ils devenus, Pierre Chalon et les autres? J'avais croisé une fois Virginie Le Sidaner dans une rue de Lausanne. Elle devait faire ses études dans cette ville. Nous nous étions parfaitement reconnus et nous étions juste dit «bonjour», sans même engager la conversation, comme si nous nous voyions tous les jours et que nous nous limitions aux formules d'usage. À dix ans, Virginie Le Sidaner était championne de France de patinage artistique dans sa catégorie d'âge. Plus tard elle avait concouru pour la Suisse et patiné en couple, finissant par épouser son partenaire et abandonner la compétition.

Je me rappelais la fête de Noël qui avait lieu début décembre. Tous les parents d'élèves étaient réunis dans une grande salle, nous montrions un spectacle composé de différentes saynètes. Quand mon instituteur du cours moyen avait reçu les palmes académiques, on m'avait demandé de jouer le monologue d'Harpagon pendant la cérémonie de remise. J'avais gesticulé sur le devant de la scène, entre mon instituteur amusé et le consul de France. Je rêvais de travailler moi aussi à la Banque des règlements internationaux. J'aurais mon bureau au vingtième étage et passerais mes journées à recevoir des coups de téléphone du monde entier. Ma vieille mère serait fière de moi quand je lui ferais visiter les lieux.

Si je m'étais installé à Paris avec Jacqueline, j'aurais peut-être revu d'anciens camarades. À la sortie d'un cinéma, dans la cohue du métro, j'aurais aperçu Jeanne Fressard. Nos regards se seraient croisés. Le mieux aurait été sans doute de ne rien faire et de garder le souvenir ému d'une fugitive apparition.

16

Les parents de Gaspard Sutter avaient-ils lu Dale Carnegie? Ils auraient pu. Ils étaient charmants. Ils vivaient légèrement au-dessus de leurs moyens. J'aimais aller chez eux durant mes vacances, car leur maison constituait désormais le seul lien qui m'unissait à ma ville natale. Avec Gaspard, nous n'étions à peu près d'accord sur rien, et c'est sans doute cela, un peu paradoxalement, qui avait entretenu notre relation pendant toutes ces années.

Au fond, je n'avais pas grand-chose à faire à Bâle. J'avais eu envie dans le train d'aller revoir l'école française, mais il faisait trop froid pour se promener. J'anticipais la déception d'un pèlerinage solitaire sur les lieux de mon enfance. J'ai commandé une autre bière, et ai commencé à feuilleter un volume des œuvres de Léo Malet, que j'avais pris tout à l'heure dans ma bibliothèque. Nestor Burma était sans doute un des derniers authentiques flâneurs parisiens. J'avais pensé à lui en remontant le boulevard Magenta peu avant de reprendre mon train pour Zurich, et je voulais vérifier sur pièces les allusions à ce quartier.

Derrière son élégance, la gare de l'Est apparaissait à Burma comme le lieu des malles-cercueils et des départs sans retour pour le casse-pipe. Alors qu'il devait résoudre une enquête dans le coin, un des plus troublants mystères de Paris lui était revenu en mémoire, en admettant que, pour certains, le mystère subsiste encore. Par un après-midi brumeux de novembre 1923, un taxi, piloté par le chauffeur Bajot, s'était arrêté devant le numéro 126 du boulevard Magenta. Les flics, alertés, avaient extrait de la voiture un adolescent touché par une balle à la tempe. Transporté à Lariboisière, le blessé y était décédé deux heures plus tard, sans avoir repris connaissance. Ce jeune homme au front étoilé se nommait Philippe Daudet, c'était le fils de Léon Daudet, le directeur de *L'Action française*.

La mort de Philippe Daudet avait partagé l'opinion en deux camps, ceux qui prônaient la thèse du suicide et les partisans de celle de l'assassinat. Avait-il été liquidé par un groupement anarchiste ? On ne le saurait jamais. Qui pensait encore à cette histoire en traversant le boulevard Magenta à la hauteur de la gare de l'Est ? Les écrits virulents de Léon Daudet ont été réédités il n'y a pas longtemps, mais plus personne ne les lit avec la haine ni la dévotion d'alors.

Au cours de ses promenades parisiennes, Burma apercevait les strates du passé sous les buildings en construction. Il avait quelque chose de Cuvier, capable de reconstituer le squelette d'un animal préhistorique à partir d'une seule vertèbre. Je pense qu'il n'aurait pas aimé notre époque, mais ce n'est pas sûr. Quand j'avais traîné Gaspard Sutter à Montparnasse, je lui parlais de Gertrude Stein et de Hemingway. Nous nous étions engueulés pour je ne sais plus quelle raison. Aux alentours de la Closerie des Lilas, je l'avais précipité sur une poubelle et il avait perdu l'équilibre. Nous avions dix-huit ans, le ridicule ne nous effrayait pas.

17

De retour à Zurich après une heure de dur (merci Nestor) je me suis couché tout de suite. J'ai dormi d'un sommeil humide et insatisfaisant, me réveillant assez brutalement vers huit heures du matin, en sueur. Je venais de rêver que je me promenais avec Hélène dans un paysage indéterminé. Elle me montrait les arbres, désignait devant moi les fruits indéhiscents des érables, diakènes à péricarpes que l'on nomme samares. Hélène était bonne botaniste. Au retour de nos excursions, j'ouvrais mon dictionnaire en quête des noms précis qui décrivaient ces phénomènes. Elle m'apprenait à distinguer le chardon de l'edelweiss, me rendait attentif aux gentianes et aux myosotis, appelés en allemand *vergissmeinnicht*. Les livres l'intéressaient moins que moi et la nature me fascinait à travers elle.

Aimais-je vraiment les plantes ou ne m'intéressais-je qu'à la beauté des noms qui les désignent?

Dans ce rêve, nous nous promenions d'abord dans un environnement urbain, qui se transformait insensiblement en paysage de montagne. Hélène se penchait pour ramasser une fleur au bord d'une pente escarpée. Elle perdait l'équilibre et tombait. Je l'entendais crier, mais ne faisais rien pour la rattraper.

Après ce cauchemar, j'ai décidé de rester dans mon lit et de me rendormir. Le petit-déjeuner était servi jusqu'à dix heures. Jacqueline était couchée à mes côtés, je caressais ses seins. J'ai fini par me lever. Un couple d'Américains dans la salle à manger, devant des croissants et un bol de café. Les traits fins de l'homme, ses lunettes cerclées métalliques me firent penser qu'il devait être avocat ou médecin, aisé mais sans plus. Si le couple avait été très riche, il serait descendu dans un cinq étoiles. J'ai entendu, prononcé avec un fort accent, le nom de Giacometti. L'homme semblait mimer avec ses mains la forme longiligne des sculptures. Ils iraient sans doute visiter le Kunsthaus, avant de partir à Gstaad pour une semaine de ski. Ces sarcasmes à prétention sociologique m'auraient valu les reproches d'un écrivain comme Nabokov. Si l'on m'avait présenté à l'inconnu, j'aurais peut-être été très étonné d'apprendre sa véritable profession.

J'ai appelé Stanley H. Muller depuis ma chambre. Il était content de m'entendre, cela faisait longtemps que nous n'avions plus pris des nouvelles l'un de l'autre. Je ne lui ai pas parlé de ma fuite. Nous nous voyions normalement en fin d'après-midi chez Sprüngli. Cette fois-ci, j'avais envie de le rencontrer plus tôt, et lui-même m'a proposé un rendez-vous à deux heures.

Dans un café de la Zähringerplatz, j'ai regardé distraitement les journaux. Un religieux sunnite venait d'être poignardé à Karachi. L'art inuit avait droit à un supplément spécial de la *Neue Zürcher Zeitung*. On reprochait à Ippoliti un abus du rubato dans sa lecture des *Polonaises*. C'était donc lui qu'Hélène était allée écouter vendredi. La *Neue Zürcher Zeitung* m'avait toujours fasciné par sa propension à l'encyclopédisme. La rubrique météorologique occupait parfois une page entière – photos par satellite, vitesse des vents pour tous les lacs suisses, fronts froids, isobares, occlusions, pictogrammes. La prédiction aléatoire du futur s'y appuyait sur une interprétation approfondie du passé proche. Lisant la presse locale tous les jours, je butais encore sur des mots dont je ne comprenais pas le sens. Même si je parlais et comprenais bien l'allemand, je me refusais obscurément à faire les efforts nécessaires pour atteindre un excellent niveau dans cette langue, dont j'avais parfois l'impression qu'un léger traumatisme aurait suffi à me faire perdre l'usage.

Vers midi, j'ai mangé un sandwich sur le pouce. J'ai jeté un coup d'œil à l'entrée de la Zentralbibliothek. Le bâtiment était fermé, il ne rouvrirait que le six janvier. Revues et encyclopédies y sont classées par pays. Il m'arrivait de faire des excursions du côté de l'Allemagne ou de l'Angleterre. Un portier se tient à l'entrée de la bibliothèque pour dissuader les clochards à la recherche d'un abri. Certains passaient entre les gouttes, mais on les repérait à leurs vêtements et à leurs odeurs corporelles. Les habitués de la bibliothèque étaient cependant en grande majorité de beaux jeunes gens qui s'activaient, le front soucieux, derrière leur écran à cristaux liquides. Les bibliothèques tiennent chaud en hiver. On peut parfois s'y restaurer – c'était le cas à la Zentralbibliothek de Zurich – et il est même possible d'y dormir. Il suffit de s'asseoir à un pupitre dans un coin discret et de s'abriter derrière une pile de dictionnaires. Il m'était arrivé d'entendre des ronflements dans ce lieu consacré à l'étude. Si je voulais aller y faire un petit somme, il me faudrait attendre encore un peu.

18

J'ai marché dans la vieille ville, échangeant
des salutations avec deux élèves au passage. Il
me semble que j'étais un professeur apprécié
aussi bien des débutants (ils ont mangé, ils
sont sortis) que des élèves de baccalauréat (le
petit chat est mort). Leurs chahuts étaient
affectueux et j'arrivais généralement à y
mettre fin. Sans me faire vraiment d'amis,
j'avais su ne pas me faire détester de la plupart de mes collègues, dont le suffrage avait
été plus difficile à conquérir que celui des
élèves, mais le métier ne me tenait pas vraiment à cœur.

Durant l'année scolaire, la routine l'em-
portait et me faisait oublier le reste, à com-
mencer par moi-même. Sitôt arrivées les

vacances s'opérait un mouvement inverse. Le bâtiment de l'école, mes levers un jour sur deux le matin à l'aube alors qu'Hélène dormait encore, les cent vingt prénoms et patronymes appris très vite par cœur disparaissaient au fond d'un tiroir d'où je ne les exhumais que la veille de la rentrée. Dans un sens, j'avais fait beaucoup de chemin depuis mes débuts anxieux. Mais en revanche, la semi-oisiveté me tendait un miroir déplaisant, propice à ces questions que l'on dit existentielles. N'avais-je pas gâché mes talents en devenant professeur de FLE, *français langue étrangère* ? Ma facilité de *native speaker* – de «locuteur natif» ? – me valait la jalousie de collègues moins bien lotis, qui me faisaient parfois comprendre que j'étais logé à la même enseigne qu'eux et payé comme un débutant.

Chez un antiquaire du Niederdorf, j'ai trouvé un livre consacré à Zurich, composé de textes et de dessins. Arnold Kübler en était l'auteur. J'avais pensé à lui la veille, troublante coïncidence. Son livre datait de la fin des années cinquante. Kübler ne considérait pas le dessin comme une simple esquisse préparatoire au genre pictural, plus prestigieux, mais comme une discipline à part entière. Les tourelles et les clochetons des demeures art nouveau sur la rive gauche de la Limmat faisaient face à des fenêtres en oriel datant du Moyen Âge qui surmontaient des chariots de légumes. Mais le crayon de Kübler ne se cantonnait pas à ces monuments anciens. Des motocyclettes, un dépôt de voitures d'occasion, une immense excavatrice payaient l'obligatoire tribut à la modernité. C'était comme si le dessinateur avait voulu démontrer que sa discipline un peu désuète n'était pas dépassée à l'époque des aéroports et des grands chantiers de construction.

Zurich, qui avait subi d'importantes mutations durant ces années, n'avait cependant pas été touchée par la guerre. Un dessin remédiait à cette impunité en représentant la vieille ville détruite par des bombes. Kübler avait imaginé le général Guisan, chef des troupes suisses durant la dernière guerre mondiale, en train d'examiner l'ampleur du désastre depuis le Lindenhof, un des belvédères de Zurich. Guisan était absent du dessin, qui se limitait à ce paysage de ruines fictives. Après avoir bombardé sa propre ville, le dessinateur avait pris la place du général.

Je suis allé feuilleter le livre au bar de chez Sprügli. J'avais encore du temps avant le rendez-vous. Que raconterais-je à Stanley H. Muller? Probablement rien de ce qui me tenait vraiment à cœur. Il n'avait jamais rencontré Hélène, qui considérait notre relation d'un mauvais œil.

Je l'avais vu pour la première fois un dimanche soir dans un train entre Lausanne et Zurich. Le compartiment était bondé, et il s'était assis à la seule place libre, en face de moi. Je lisais *Les Palmiers sauvages* en traduction française. C'est à ce propos qu'il m'avait adressé la parole, me demandant si Faulkner, qu'il avait pratiqué dans sa jeunesse américaine, était encore à la mode. Entamée en français, notre conversation avait glissé vers l'anglais et l'allemand.

19

De père suisse et de mère anglaise, Stanley H. Muller avait grandi à Los Angeles. Dans le salon de ses parents s'étaient retrouvés des acteurs de Hollywood, des écrivains et des artistes européens qui avaient fui la guerre. Je ne me rappelle plus les noms qu'il avait mentionnés, mais sur le moment ils m'avaient dit quelque chose. Il s'était installé à Zurich vers 1950, se spécialisant dans la publicité et le courtage de textiles.

Nous avions échangé nos adresses, même si je me méfiais de ces gens que l'on rencontrait dans le train et qui vous expliquaient à quel point il était dommage qu'ils n'aient pas écrit leur autobiographie, tant ils avaient vécu de choses palpitantes et rencontré de gens extraordinaires. On se disait en les écoutant qu'il leur manquait peut-être un *je-ne-sais-quoi* de. Mais en même temps, je me méfiais de ma propre méfiance.

J'avais donc revu Stanley H. Muller. Il m'avait montré des photographies de sa maison, au bord du lac de Zurich. Son salon était rempli de bibelots et de meubles anciens. On aurait pu penser que c'était la demeure d'un milliardaire. Pourtant il m'avait confié qu'il avait des soucis d'argent. Il m'avait pris en photo et me montra les tirages à l'occasion d'une rencontre ultérieure. Je ne savais pas trop quoi penser de lui. Était-ce un fieffé menteur, un pervers ou un gentil vieillard, content de passer un peu de temps en ma compagnie ? Je l'avais perdu de vue depuis. Pourquoi l'avoir rappelé ce matin ? Je ne lui expliquerais certainement pas ce que j'avais vécu les jours précédents, mais je sentais entre nous une obscure connivence.

Il est arrivé ponctuellement et m'a confié qu'il avait un autre rendez-vous. Nous allions être rejoints par un couturier de Bombay avec qui il faisait affaire. L'Indien est apparu à son tour, très élégant. Il n'a pas semblé étonné de me voir. Assez rapidement, j'ai disparu de la conversation. Il devait y avoir une certaine confusion dans la tête du vieil homme pour qu'il prenne deux rendez-vous en même temps. Stanley H. Muller a établi la liste des endroits où l'Indien devait aller proposer sa marchandise. Parfois, il interrompait la conversation et brandissait l'index à la verticale, comme frappé d'une illumination. Il griffonnait ensuite rapidement quelques mots sur un bloc de papier. Les traits de son visage me rappelaient un peu ceux de Jean K., le père de Jacqueline.

Je ne savais pas comment prendre congé. Au bout d'un moment, la conversation d'affaires s'est interrompue. L'Indien m'a demandé poliment ce que je faisais dans la vie. Je lui ai répondu dans un anglais d'aéroport. Stanley H. Muller a payé les consommations. Nous nous sommes séparés au bas de l'établissement. Les illustrations d'Arnold Kübler me donnaient envie de me promener dans la ville, mais il faisait trop froid. Grâce à Hélène, je m'étais senti un peu à la maison ici. Arnold Kübler était un vrai Zurichois, il pouvait se permettre de détruire sa ville à coups de crayon. Un *heimatlos* ne se serait jamais autorisé pareille plaisanterie.

20

Les mêmes crispations de ventre au moment de pénétrer dans l'appartement. Il était un peu plus de deux heures, Hélène devait se trouver déjà à la tour de la télévision. Elle y allait parfois à vélo, même en hiver. Peu probable aujourd'hui vu le froid qu'il faisait. Elle avait dû prendre le tram. J'ai mis un CD de Billie Holiday.

Mon double avait habité là encore trois jours auparavant, portant mes habits, partageant mes goûts musicaux, saluant chaque matin un reflet familier dans le miroir de la salle de bains. Puis il avait franchi la porte de l'appartement pour ne plus revenir que sous les espèces d'un autre. Je suis entré dans la cuisine. La vaisselle était rangée, rien ne traînait aux abords de l'évier. Les plaques de la cuisinière avaient été frottées à l'aide d'un tampon récurant.

Quand j'étais sorti de chez l'antiquaire avec le petit livre d'Arnold Kübler sous le bras, j'avais pensé au cadeau de Noël que je ferais à Hélène. Il me fallait également offrir quelque chose à ses parents. Demain, elle partirait travailler plus tôt que d'habitude et rentrerait vers les quatre heures. Son horaire était affiché à la cuisine. J'ai rechargé mon téléphone portable. À part Rémy Corbin, mon oncle avait tenté de m'appeler. Était-il déjà au courant?

Les coordonnées, notées sur un bout de papier durant l'appel de l'amie de Jacqueline et que, contrairement aux anciennes, je ne saurais sans doute jamais par cœur, se trouvaient dans le même tiroir de bureau que mon plan de Paris par arrondissement. Mon doigt a parcouru sur le plan le trajet qui menait de la gare de l'Est jusqu'à chez elle. J'avais très envie de l'appeler. Elle n'était peut-être pas à la maison, ou ce serait son nouveau compagnon qui répondrait. Malgré mes craintes, j'ai fini par composer le numéro. J'avais baissé le son du CD. Après la deuxième sonnerie, j'ai raccroché. Au fond je n'avais rien à lui dire. Elle marchait peut-être en ce moment sur les Grands Boulevards, flânant ou allant boire un chocolat chaud avec une amie, heureuse d'être enfin en vacances et qu'il n'y ait plus de représentations théâtrales durant les fêtes de fin d'année.

Ma situation de quasi intrus dans mes propres murs me rappelait à certains égards les quelques jours passés seul chez Jacqueline. La première chose que j'avais aperçue dans l'appartement était ses manteaux, alignés le long d'une tringle métallique et recouverts de housses en plastique transparent. Un voisin de quartier, non pas un ami mais une vague connaissance qui la draguait un peu, me raconta-t-elle plus tard, m'avait passé les clés. Elle m'avait expliqué combien il était difficile de les faire tourner dans la serrure. Après mes premiers essais infructueux, j'avais envisagé de me retrancher sur un hôtel.

On était en août et je passais une grande partie de mes journées à me promener. Je souffrais de vertiges, qui relevaient sans doute d'une angoisse diffuse. Afin d'être crédible à mes propres yeux, j'essayais de mettre à exécution le vague projet journalistique invoqué devant Jacqueline pour justifier ma présence à Paris. Il s'agissait d'interviewer quelques écrivains dont les livres sortiraient à la rentrée littéraire de septembre. Mais ces auteurs illustres étaient aux abonnés absents, tout comme les conseillers littéraires des grandes maisons d'édition que j'avais essayé de joindre. La ville tout entière semblait plongée dans une torpeur presque irréelle.

Au bord du canal Saint-Martin désert, je m'asseyais sur un banc et observais le fonctionnement des écluses. J'avais envie de me jeter dans ce minuscule fond d'eau pour me rafraîchir. Le soir, j'allais à la Cinémathèque et rentrais par les Grands Boulevards. Durant mes séjours ultérieurs chez Jacqueline, j'avais souvent repensé à ce mois d'août. Il suffisait qu'elle soit près de moi pour communiquer une animation fébrile à tout ce qui nous entourait, mais il s'en fallait aussi de peu pour que les choses ne retournent au silence.

21

Je reviendrais demain pour de bon dans notre appartement, et j'y attendrais le retour d'Hélène. J'ai marché jusqu'aux «quartiers chauds». C'était assez bien tenu dans l'ensemble. La maréchaussée effectuait régulièrement des rondes. Une caserne désaffectée aurait pu autrefois défendre le centre de la ville d'éventuelles insurrections venues des quartiers populaires. Je me suis retourné vers la Zurich respectable avant de m'engager dans la première des deux rues qui longeaient la cour intérieure de la caserne. Des villas campaient sur les collines avoisinantes. Une lumière s'est éteinte, dans un salon peut-être. Depuis ses fenêtres se déployait le spectacle de la ville industrielle. Le long des ponts d'accès à l'autoroute, les taches scintillantes des voitures en mouvement devaient s'immiscer entre de grands blocs verticaux de lumière jaune.

Dans la cour de la caserne, la prison était illuminée. L'architecture de ce baraquement rectangulaire aux allures provisoires en faisait l'essence même d'une prison préventive. Deux gros boyaux de tôle ondulée accolés au bâtiment qu'ils rejoignaient en s'incurvant comme l'extrémité d'un périscope semblaient servir au chauffage et à l'aération. On voyait les portes des cellules. Passant par là quelques semaines plus tôt à bicyclette, j'avais cru remarquer l'aspect malade des feuilles de marronniers, en rangée derrière une grille surmontée de barbelés. Cette atmosphère malsaine pouvait-elle rejaillir sur la nature, s'ajoutant aux effets destructeurs de l'hiver ?

Un peu plus loin, des enseignes illuminées vantaient à proportions égales les mérites de döner kebab et d'antres plus louches, où quelques femmes nues sur de vieux tirages couleur tentaient d'aspirer le chaland vers l'entrée adjacente. La bigarrure des néons conférait à la rue, très longue, un fard de grande ville, mais les maisons étaient de proportions modestes. S'il avait fait moins froid, je me serais peut-être arrêté pour contempler les poses convenues que le photographe avait fait prendre aux belles-de-nuit. Je marchais vite, regardant droit devant moi pour dissuader les tapineuses et les drogués en quête de piécettes. Une théorie de Hells Angels est passée en vrombissant sur de rutilantes cylindrées.

Hollywood Bar. Deux prostituées africaines m'ont adressé la parole en français. Je les ai invitées à prendre un verre. Elles venaient de Côte d'Ivoire. L'une d'elles a voulu absolument me faire goûter de la noix de cola, dont elle m'a vanté les propriétés toniques et aphrodisiaques. Si tu en prends, tu l'as comme ça durant toute la nuit, m'a-t-elle dit en dressant son index à la verticale. Je vois, ai-je répondu. J'ai goûté un petit morceau de noix de cola. C'était très amer, mais j'ai fait semblant de trouver la chose excellente. J'ai dû en avaler un morceau supplémentaire. La femme à la noix de cola m'a pris la main et l'a trouvée froide, c'est que tu n'es pas en bonne santé, m'a-t-elle dit, faire l'amour te fera le plus grand bien. J'ai décliné poliment la proposition. Je n'avais envie ni de l'une ni de l'autre, mais je les trouvais sympathiques.

22

Vers deux heures du matin, je suis rentré à l'hôtel en taxi, ivre. J'avais fini par m'aventurer sur la piste de danse. Quelques filles s'étaient approchées de moi, mais je les avais toutes gentiment éconduites. J'étais sans doute peu rodé pour l'aventure, et celle-ci ne m'en paraissait pas valoir la chandelle. Aucune des créatures que j'avais entrevues n'avait réussi à faire de moi une victime fascinée au souffle coupé et aux jambes en coton. Le décor de ces lieux était trop concerté, l'invite qu'ils suggéraient trop explicite pour que je puisse vraiment me laisser surprendre. Je voyais quelque chose d'à la fois sordide et bon enfant dans le scénario convenu de ces complicités qui s'ébauchaient autour d'une coupe de champagne. Hélène avait-elle déjà préparé ses valises pour demain ?

Alors que j'attaquais mon troisième scotch, un homme s'était approché de moi. C'était mon oncle. Nous avions échangé une poignée de main gênée. Il ne reconnaissait plus le quartier où il avait passé son enfance et accompli son service militaire. Les scotches suivants l'avait mis en veine de confidence, lui qui en réalité ne m'avait jamais raconté grand-chose de sa vie. J'avais appris qu'en 1940, sa mère avait débarqué ici avec un enfant de trois ans sous le bras. Ne parlant pas l'allemand, elle avait dû pour leur survie effectuer des travaux de couture à domicile. Par la suite, elle s'était remariée deux fois.

Mon oncle avait évoqué avec nostalgie ses exercices de jeune soldat dans la cour de la caserne, là où les drogués promenaient aujourd'hui leurs chiens durant la journée. Il regrettait les bistrots à tonnelles, la vue de retraités qui jouaient aux cartes en mâchouillant de petits cigares. Ces endroits disparaissaient les uns après les autres, remplacés par des bars et des galeries d'art. Je pourrais lui faire visiter les derniers qui subsistaient, lui dis-je. Pas de réponse. Quand j'avais tourné la tête vers lui, dans l'attente ne serait-ce que d'un hochement de tête, il avait disparu. Volatilisé. Seul le verre de scotch bu aux trois quarts à côté du mien témoignait de son éphémère passage.

J'ai dormi du sommeil interrompu de l'ivrogne et ai été réveillé par les femmes de chambre de l'hôtel qui frappaient à ma porte. J'avais oublié la matière de mes rêves. Il était trop tard pour prendre le petit-déjeuner. J'ai réglé la facture, laissé ma valise dans un cagibi obscur derrière la réception. Café en ville, cadeaux de Noël. Pour mes beaux-parents, l'autobiographie d'Hilary Clinton et une bouteille de cognac. Pour Hélène, les études de Debussy par Pierre-Laurent Aimard, dont le jeu sec, presque austère, d'une incroyable précision technique allait à l'encontre de toutes les afféteries virtuoses auxquelles elle n'était pas insensible (mais ce dépouillement volontaire ne constituait-il pas d'une certaine manière le summum de la maîtrise pianistique, une sorte de virtuosité *a contrario* ?). J'ai laissé le sac rempli de paquets devant la porte d'entrée de l'appartement. Dans moins de deux heures, Hélène rentrerait de la télévision et le découvrirait.

En sortant de l'immeuble, je suis tombé sur Françoise Stoll. Son mari enseignait les mathématiques dans un « Gymnasium » local et venait d'achever une thèse dont la courte taille était, semble-t-il, inversement proportionnelle à l'importance scientifique. Nous nous étions liés d'amitié avec les Stoll peu après notre arrivée dans l'immeuble. J'avais l'impression de les connaître de vue, je ne savais trop d'où. Ils ne fréquentaient pas l'Utobad, je devais les avoir croisés sans les connaître à Lausanne et leurs traits m'étaient restés en mémoire.

Hélène avait sans doute informé Françoise Stoll de mon départ, d'où notre gêne réciproque. René travaille beaucoup en hiver, car cette saison se prête à la réflexion. Elle ne m'a pas dit cette phrase que j'ai imaginée par la suite, mais ne m'a pas proposé non plus d'aller manger chez eux avec Hélène après les fêtes. C'était un couple raisonnable, déjà pourvu de deux enfants. J'imaginais la nomination de René Stoll à des fonctions professorales, anticipant ma jalousie teinte d'un léger mépris pour la conduite exemplaire de sa carrière.

J'ai fait quelques courses et j'ai attendu jusqu'à cinq heures en lisant *Lolita* dans un café de la Bahnhofstrasse. Admirable ruse d'Humbert Humbert quand il faisait la cour à

Mme Haze, sous le seul prétexte de s'approcher de sa nymphette adorée. L'accident d'automobile qui coûtait la vie à la mère de Lolita me ravissait chaque fois. Personne n'a répondu quand j'ai appelé à la maison. J'ai marché vers la gare. Taxi. Très vite, je suis ressorti de l'hôtel du Théâtre avec ma Samsonite. Pendant qu'on y était, je pouvais aussi mettre mon sac de courses dans le coffre au lieu de le garder entre mes jambes, m'a dit le chauffeur en substance. Une dizaine de crevettes géantes tenaient en équilibre au sommet du sac. Il ne m'a pas semblé qu'elles dégageaient une odeur désagréable.

Que ferais-je si Hélène était encore à la maison ? Chercher un autre hôtel ? Comment Nestor Burma se serait-il débrouillé dans un cas pareil ? Le chauffeur n'était pas bavard et raciste, comme certains de ses collègues parisiens. Je me souvenais d'un taxi pris un soir à la gare de Lyon. Le train était arrivé avec deux heures de retard, il n'y avait plus de métro. Nous étions une dizaine de voyageurs à attendre à l'arrière de la gare. Personne ne voulait rouler en direction de la trop proche rue du Château-d'Eau, où j'aurais eu avantage à me rendre à pied. Finalement une voiture avait accepté de m'emmener. La logorrhée du conducteur avait suffi à refaire le monde en quelques minutes, et je m'étais rappelé cette remarque d'un écrivain célèbre, Malraux je crois, qui comparait le style de Céline aux envolées lyriques des chauffeurs de taxi parisiens.

23

Nous allions arriver devant l'immeuble. Je me suis décidé en dernière extrémité pour le coup du type qui n'avait pas assez d'argent sur lui. Je lui laisserais ma Samsonite et le sac de courses en gage dans le coffre. C'est avec un aplomb un peu forcé que j'ai annoncé ma pénurie d'argent, sans ouvrir mon portefeuille, rempli de gros billets. Le chauffeur n'a pas bronché. Les cadeaux ne se trouvaient plus devant la porte. Je suis entré, après le coup de sonnette habituel. Sur la table de la cuisine trônait, encore emballé, le paquet que j'avais destiné à Hélène. En revanche, son verre à dents était vide. Le trajet me revint assez cher.

Je suis revenu avec ma Samsonite et le sac de courses. La nuit était déjà tombée depuis un moment. Je me suis allongé. La première fois que j'avais dormi dans le lit de Jacqueline, j'avais hésité avant de retirer le couvre-lit. Elle venait de changer les draps. J'avais regardé avec beaucoup d'attention les photos d'elle qui se trouvaient un peu partout dans l'appartement, essayant d'enregistrer ses traits, comme des vers à apprendre. Quelques détails me frappent aujourd'hui, je ne sais trop pourquoi. Le peignoir en satin, suspendu à un cintre derrière la porte de la salle de bains. Les nombreux produits de douche et de soins de la peau, alignés méticuleusement sur le rebord de la baignoire.

Les psychiatres parlent à juste titre de fuite dans le sommeil. J'ai dormi deux bonnes heures, d'un sommeil profond. Au moment du réveil, je ne savais plus où j'étais. L'amnésie aurait été un refuge commode pour éviter d'affronter la réalité. Faire table rase, tout recommencer à neuf. Quand Hélène rentrerait, je serais ravi de cette apparition féminine inopinée. Robinson chanceux sur mon île d'oubli, je sauterais l'étape de la rencontre avec Vendredi en passant directement à celle des épousailles.

Il y a quelque temps, j'avais eu une longue et pénible insomnie, comme je n'en avais plus connu depuis longtemps. Hélène dormait paisiblement à mes côtés, mais son souffle était si ténu que j'avais cru qu'elle aussi traversait une insomnie, ce qu'elle démentit par la suite. J'avais eu alors clairement la certitude qu'Hélène m'avait, sans le vouloir, dépossédé de mon propre sommeil. Celui qui avait dormi si profondément durant nos années de vie commune avait été une version amoindrie de moi-même, chloroformée par la routine conjugale. D'être privé de sommeil me rendait une lucidité dangereuse, que j'avais jusqu'ici mise entre parenthèses, pour le bien d'Hélène et le mien. Maintenant j'avais envie de la frapper, de l'expulser de notre lit. Vivement la première occasion qui me permettrait de dormir enfin seul.

C'est peut-être ça que je recherchais inconsciemment quand j'avais pris le train pour Paris dans la nuit de vendredi à samedi, dormir enfin seul. Peu après la traversée de la frontière française, anticipant les cahots à venir, j'avais prévu le lent déroulement d'une insupportable nuit blanche, ponctuée par la traversée de localités où, pour rien au monde, je n'aurais voulu mettre le pied – Mulhouse, Belfort, Vesoul, Troyes. Pour me consoler, je m'étais dit que toute une partie de moi, étouffée durant ces dernières années, allait enfin renaître, qu'un être nouveau éclorait peut-être. L'exaltation intellectuelle que me procurerait l'isolement favoriserait sans doute cette quête incertaine de ma propre personnalité.

Le téléphone m'a réveillé. J'avais un peu transpiré en dormant, l'oreiller était humide. La messagerie du répondeur automatique s'est déclenchée. C'était mon oncle. Il me demandait si nous étions déjà partis pour l'Oberland bernois, me priait de le rappeler. Il n'avait l'air d'être au courant de rien. Hélène ne l'avait donc pas appelé. Pourquoi l'aurait-elle fait? Elle était en bons termes avec lui, sans plus. J'ai imaginé qu'en revanche elle avait dû bombarder sa mère de coups de fil. L'unité fictive de notre couple était déjà mise à mal. Deux univers téléphoniques distincts se partageaient notre numéro, l'un me concernant et ne la touchant déjà plus. J'appellerais mon oncle demain matin, lui ferais croire que je me trouvais dans l'Oberland.

Je me suis levé, encore ensommeillé, les membres engourdis. L'appartement était plongé dans l'obscurité. J'ai réglé la lampe halogène du salon à une lumière discrète. J'avais un peu froid – et aussi faim. Peu à peu, je devais me réapproprier l'endroit, me rendre maître des lieux. J'ai mis un disque en marche, *Kind of blue* de Miles Davis, ai débouché une bouteille de riesling.

24

M'étais-je senti une seule fois véritablement chez moi ici ? Dès le premier coup d'œil, le hall de l'immeuble m'avait fait forte impression, avec ses deux miroirs rectangulaires qui se faisaient face. Il était étrange de voir sa propre silhouette reflétée à l'infini. L'ascenseur avait une double entrée, une porte métallique suivie de deux panneaux en bois coulissants. Je ne le prenais pratiquement jamais, ayant fait une exception tout à l'heure avec ma valise.

J'ai pensé aux premiers locataires de l'immeuble, vers 1900, auxquels je ne pouvais attribuer les panses de passionnés de gastronomie. Plutôt un certain ascétisme bon chic bon genre, teint de vertus pédagogiques. Un intérêt particulier avait été porté à l'aménagement de la salle de bains et des chambres d'enfants. À la fois spacieux et fonctionnels, ces logements étaient pratiques sans être spartiates pour autant.

Je possédais très peu de meubles et n'avais pas l'intention d'en acheter davantage. Vides, les lieux nous avaient paru beaucoup plus grands qu'ils n'étaient en réalité. Quand nous nous y étions installés, Hélène et moi avions tenté de transformer ces surfaces nues en cocon protecteur. Ce qui aurait dû constituer la preuve tangible de notre bonheur était-il devenu pour moi une espèce de prison ? Je ne m'étais pas vraiment rendu compte à quel point l'aménagement d'un endroit passait aussi par un rapport de force. Les gens qui rénovaient ou, mieux encore, construisaient leur maison le savaient d'instinct. N'aurais-je pas préféré, au fond, vivre à l'hôtel ?

Notre appartement avait triomphé de moi, avec ses moulures, ses plafonds hauts, son parquet et ses larges encadrements de portes. Je n'avais pas su lui imposer le dressage bourgeois qui passait par le transport de lourds pianos à queue et de lits massifs. Seule la bibliothèque du salon avait un peu d'envergure. Et encore, c'est surtout le nombre de ses volumes, peut-être leur qualité, qui lui conféraient une allure respectable. Le meuble était bon marché et composite, constitué de ces étagères claires que fabrique Ikea. Extensible à l'infini mais inapte à survivre à deux déménagements. Deux ans après notre arrivée, on aurait dit que nous venions de nous installer. Pourtant, nous avions mis aux fenêtres des rideaux qui imitaient la toile de Jouy. Quelques lampes trouvées aux puces, un chesterfield, un autre divan, plus petit, composaient le mobilier du salon. En quelques heures, nous aurions pu vider les lieux, sans même nous faire aider par des professionnels.

J'imaginais parfois les propos de nos voisins. J'entendais un long ressassement de mesquineries ricaneuses à notre endroit. Le neurochirurgien Speck et sa femme commentaient la nullité de notre intérieur qu'ils n'avaient jamais vu, se demandaient ce que je faisais dans la vie. Hélène et moi perdions la face. Nos habits tombaient les uns après les autres, les murs s'effondraient. Notre nudité misérable devenait visible aux yeux de tous. Les Speck détournaient alors le regard, nous congédiaient comme des pouilleux de leur conversation.

25

Revêtu d'un tablier, j'avais commencé d'apprêter les crevettes géantes, dont j'avais un peu peur qu'elles ne sautent hors de la poêle. Après un seul verre de riesling, je me suis senti déjà mieux. Une odeur de fumée froide s'exhalait de la poubelle, remplie jusqu'à ras bord des nombreux mégots qu'Hélène y avait jetés. J'ai mis soigneusement la table, comme si elle avait été là. Il ne manquait qu'un deuxième couvert. Normalement, je me laissais aller en son absence. Mais cette fois-ci, une peur sourde me poussait à la perfection formelle. Je me suis assis le ventre crispé, me forçant à mastiquer lentement la chair tendre des crevettes géantes alors que j'aurais eu envie de les avaler tout rond.

La clochardisation était un processus qui pouvait aller très vite, mais il serait un peu plus lent dans mon cas. Un ami qui avait tenté l'expérience à dix-sept ans en Allemagne m'avait expliqué qu'au bout de quarante-huit heures passées à faire la manche et à dormir sur des bouches d'aération, il avait commencé à parler tout seul. Il convoquait certains de ses amis et menait avec eux d'interminables conversations virtuelles. On perdait relativement vite la notion du temps calendaire. Il avait hésité à se faire arrêter, mais l'idée d'être dans la même cellule que les ivrognes du coin, de se faire confisquer sa ceinture et ses lacets de souliers l'en avait dissuadé.

Ma lente déchéance se manifesterait d'abord sur le plan du gîte et du couvert, ai-je pensé en terminant les crevettes géantes. Hélène garderait l'appartement. Dans l'incapacité de trouver vite quelque chose de bien à Zurich, je serais contraint de m'installer dans un studio de trente mètres carrés avec un coin-cuisine. Je me nourrirais exclusivement de céréales et de raviolis en conserve. Le matin, je me rendrais à l'école à pied en m'efforçant de me motiver pour ma journée à venir. Les élèves remarqueraient vite mon manque de concentration et commenceraient à me chahuter. Après avoir tenté au début de rétablir l'ordre, je cesserais peu à peu d'intervenir, laissant la situation se dégrader complètement.

Le soir, j'aurais mes habitudes dans quelques rades. L'alcool me remettrait d'aplomb, me donnant le courage nécessaire pour affronter la vue de mes trente mètres carrés. De retour chez moi, j'éclaterais de rire à la vue des boîtes de corn-flakes empilées près de la porte d'entrée. Petit à petit, une pellicule de crasse se fixerait sur les vitres, des moutons de poussière s'accumuleraient dans les coins. Je ne ferais plus le ménage. Mes nombreux livres prendraient toute la place disponible dans mon nouveau chez-moi, trop petit pour les accueillir tous. Je constaterais alors à quel point l'équilibre d'un individu se mesure aux infimes détails de l'existence.

26

Mon studio se trouverait au bord de la Limmat, dans un paisible quartier éloigné du
centre. Des maisonnettes, autrefois destinées à
des ouvriers méritants par de philanthropiques
patrons, flanquées d'un immense pont d'accès
à l'autoroute qui ne parviendrait pas à trouer le
silence inquiétant de cette idylle fluviale. Je me
promènerais à bicyclette le long d'allées de gra-
viers bordées de saules pleureurs, me laissant
dépasser par les chiens et les joggeurs. Une che-
minée d'usine désaffectée apparaîtrait soudain
au détour d'un jardin potager.

La proximité d'un important stade de football me ferait m'intéresser de nouveau à ce
sport qui avait tant préoccupé mon enfance.
La discipline de vie que je prêterais aux

joueurs, debout tous les matins à huit heures pour aller à l'entraînement, me servirait de modèle pour remonter la pente. Certains seraient des «mercenaires», embauchés à Lausanne ou à Genève. Toutes les conversations que j'aurais avec Rémy Corbin tourneraient autour du ballon rond. Qui remporterait la ligue des champions? Chelsea avait certes une équipe très compétitive, mais que pourrait faire l'alliance du pragmatisme britannique et des capitaux biélorusses face au redoutable *fonds de jeu* des équipes latines?

Le dimanche après-midi, je me rendrais au stade, seul ou en compagnie de Rémy Corbin. Après le match, les supporteurs de l'équipe visiteuse seraient escortés et mis dans des trains spéciaux qui les ramèneraient dans leur ville. Je regarderais de loin ces péripéties agressives. Le football ne consisterait pas pour moi en un jeu de gladiateurs à dimension sacrificielle. Ma conception de ce sport serait plus tactique, plus abstraite. Le soir, je comparerais le nombre de points de chaque équipe sur mon télétexte, étudierais le *goal average*, échafauderais des hypothèses pour la suite du championnat.

Je m'intéresserais aussi aux problèmes d'effectifs, au marché des transferts. Comment telle équipe allait-elle remplacer ce demi de relance dont le départ pour un grand club allemand perturberait le fonctionnement de son milieu de terrain? Quelle formation aligerait l'entraîneur en l'absence de deux attaquants suspendus? Mon arrière central préféré, qu'une blessure, suivie d'une mononucléose et d'une dépression, avaient éloigné pendant deux ans des terrains, retrouverait-il sa forme d'autrefois?

Cet intérêt pour le football me semblerait une vague imposture, car j'avais été dans ma prime jeunesse un piètre joueur, incapable de se fondre dans la masse du groupe et cherchant à compenser par une érudition forcenée – j'avais su par cœur la composition de la grande équipe hongroise de 1954 – sa nullité sur le terrain. Grosics, Buzansky, Lorant, Lantos, Bozsik, Zakarias, Czibor, Kocsis, Hidegkuti, Puskas, Toth.

On ne me demanderait plus à présent de «mouiller mon maillot», mais, malgré le confort de ma position de simple spectateur, je ne m'en sentirais pas moins secrètement en porte-à-faux. Seuls les souvenirs d'enfance affleurant aux abords des pelouses me paraîtraient authentiques. Petit garçon, j'avais traîné mon père à la Schützenmatte de Bâle.

Sur une impulsion soudaine, j'y étais retourné quelques années plus tard. Les minuscules gradins étaient déserts, j'aurais pu m'élancer seul sur la piste d'athlétisme.

Les journées se succéderaient ainsi pendant quelque temps. Mes cols de chemise s'effilocheraient sans que je songe à renouveler ma garde-robe. J'observerais d'un œil placide les taches de sauce tomate qui viendraient étoiler mes pull-overs. La direction de l'école fermerait d'abord les yeux devant mon allure négligée et mes cheveux gras. J'étais connu comme un enseignant consciencieux et capable. Sans doute traversais-je une dépression passagère.

Vivant avec Hélène, je faisais attention à la manière dont je me nourrissais. Quand je faisais les courses, je cherchais à rompre la routine, préparant l'exploration commune de nouveaux territoires alimentaires. Or seul, je savais que je redeviendrais aveugle et privé d'odorat dans les supermarchés. Je me dirigerais immanquablement vers les chips, la bière, les surgelés, les biscuits fourrés au chocolat, oubliant les fruits et les légumes, ne m'arrêtant que rarement à la boucherie et à la poissonnerie. Sitôt arrivé chez moi, je commencerais à m'empiffrer avant même d'avoir fini de ranger les courses, attaquerais le brie à même l'emballage. Je prendrais de l'embonpoint. Ce laisser-aller glouton serait à l'image de ma vie, privée de tout contrôle, laissée à la dérive.

27

Mais selon toute vraisemblance, mon sort ne se conformerait pas aux stéréotypes de la malédiction. En me réveillant un matin, je sentirais une petite boule à côté du lobe de mon oreille droite. Je ne m'en inquiéterais pas dans un premier temps. Un simple furoncle, rien de grave. La poche infectieuse grossirait de plus en plus, je commencerais à avoir de la fièvre. Un soir, je me déciderais à consulter mon vieux grand Larousse en dix volumes, où j'apprendrais que les furoncles au visage étaient dangereux, l'infection pouvant se communiquer au cerveau.

Tandis que le taxi roulerait en direction des urgences, j'imaginerais les pensées du chauffeur, muet à mes côtés. Aurait-il de la commisération pour moi ou serait-il fâché que l'on prenne son véhicule pour une ambulance? En tout cas, il connaîtrait parfaitement le chemin. Au moment d'arriver devant l'hôpital, je me souviendrais de cette photographie de mon oncle à onze ans, après son opération de l'appendicite. Je me demanderais si elle avait été prise entre ces murs.

L'infirmière de la réception aurait l'air effrayée en me voyant. Elle me dirait sans hésiter que je devais me faire opérer sur-le-champ et rester quelques jours à l'hôpital. Je me déshabillerais entièrement et revêtirais une tenue verte, malcommode car elle serait ouverte sur les côtés, laissant passer le froid. Le terme de «chemise de nuit» serait inapproprié pour la définir. Une fois allongé, j'attendrais, assez longtemps, un docteur qui confirmerait le verdict péremptoire de l'infirmière. À l'heure des premiers trams, un scalpel transpercerait la boule purulente. Anesthésie complète, en raison de la zone délicate de l'intervention. Je n'en reviendrais pas, mais je n'aurais pas peur. Je demanderais au médecin si je pouvais rentrer chez moi chercher quelques affaires. Il me féliciterait de la qualité de mon allemand et m'expliquerait que je n'avais besoin de rien, l'hôpital disposant même de brosse à dents. J'insisterais, je contre-argumenterais, brandirais la nécessité d'avertir, et le plus vite possible, c'est-à-dire par courrier électronique – mais sans doute l'hôpital disposait-il également d'ordinateurs, penserais-je par-devers moi en maudissant d'avance ce qu'il allait me répondre – la direction de mon école. Et puis merde, après tout j'étais docteur ès lettres. C'est ce dernier argument, mensonger, qui emporterait le morceau. Entre pairs, il fallait bien s'entraider un peu. Je promettrais alors de ne rien ingurgiter et d'être là à l'heure dite. Heureusement qu'on ne me demanderait pas d'exhiber mon diplôme, en fait une simple licence, ce qui m'aurait peut-être valu les égards réservés d'habitude aux plombiers et aux rabbins itinérants.

Je marcherais dans les rues désertes. Excité à l'idée de cette aventure inattendue, je ne fermerais pas l'œil de la nuit. L'opération à proprement parler serait certainement de très courte durée. Après un séjour dans la salle commune des urgences où un toxicomane en passe de subir une intervention bénigne supplierait son médecin de lui faire une anesthésie complète – car il adorait ça, dirait-il, les anesthésies complètes – je serais transféré en dermatologie.

Mon pansement à la tête me donnerait au début une certaine crédibilité, mais on me l'enlèverait bien vite. Mes voisins – des grands brûlés pour la plupart – m'observeraient alors avec ce mépris égoïste qui est propre aux souffrants, me faisant ressentir d'autant plus douloureusement le fait que les infirmières me parleraient cette langue bizarre où une «perfusion» se dit «infusion». Je tirerais les rideaux autour de mon lit et regarderais la télévision, l'écouteur droit posé sur mon oreille pansée.

Après cette petite intervention, ma vie prendrait, assez mystérieusement, un nouveau cap. Quelques événements heureux me confirmeraient dans l'idée que l'incision de ma boule purulente avait joué un rôle symbolique. Je sentirais que mes élèves m'appréciaient de nouveau, on m'inviterait à une soirée où je rencontrerais une charmante jeune femme. Cela aurait mis un certain temps, mais je recommencerais à vivre.

28

Ils devaient déjà en être au dessert dans la maison de l'Oberland bernois. Elle n'arrêtait pas de répéter le récit de ma fuite. À la fin de chaque phrase, elle s'excusait de raconter la même histoire pour la énième fois, les yeux embués de larmes. Sa mère lui disait avec un sourire indulgent que cela ne faisait rien, que parler faisait du bien. Elle n'avait pas faim, on la forçait à manger un peu. Dans sa propriété où un immense sapin de Noël devait trôner au milieu du salon, mon oncle avait certainement trouvé une compagnie féminine pour passer agréablement la période des fêtes. Il n'y avait pas de sapin chez nous, nous aurions dû nous en occuper samedi. J'ai fait scrupuleusement la vaisselle.

Les Sutter dans leur maison de Bâle fêtaient-ils Noël en famille? Aux dernières nouvelles, déjà anciennes, Gaspard habitait à Genève, sa sœur aux États-Unis où elle s'était mariée. La famille entière se réunissait à Noël, et partait ensuite faire du ski dans le chalet familial des Grisons. Les anciens élèves de l'école française de Bâle, tous dispersés aux quatre coins du monde, revenaient chez les leurs, à Paris, à Rome ou ailleurs.

Cigarette. J'ai mis ma canadienne et suis sorti dans la rue faire une petite promenade digestive. Les intérieurs étaient illuminés, on apercevait ça et là une guirlande ou un bout de sapin. Noëls bourgeois d'antan et leur solennité: récitation de vers par les enfants devant la famille réunie, piano, musique de chambre. Je me suis approché du bord de l'eau. Il n'y avait personne dans la rue. Clignotant le long de l'antenne réceptrice sur le sommet de l'Uetliberg, quelques lumières rouges équidistantes fournissaient un repère rassurant aux touristes égarés dans la ville. Sur le chemin pédestre, la municipalité venait de faire installer des réverbères dont les lueurs serpentaient dans le noir.

C'était la première fois que je passais Noël seul. Mon impression globale n'était pas trop désagréable. J'avais un peu mal pour Hélène, bien sûr. Mais j'échappais au sort de ces désespérés qui prennent leur mal en patience tout au long de l'année et payent cet effort au moment des fêtes. Les numéros de consultation psychiatrique étaient sans doute occupés vingt-quatre heures sur vingt-quatre, les dispensaires surchargés. J'ai eu une pensée compatissante pour les prisonniers de la caserne et suis rentré à la maison.

29

Dans le restaurant de la rue du Faubourg Montmartre où j'avais fait la connaissance du père de Jacqueline, je m'étais aussi entretenu avec sa sœur et avec son mari. Celui-ci s'était promis de m'expliquer les règles du rugby, qui me demeurent obscures. Nous irions voir ensemble des matches du Tournoi des Cinq Nations, dont j'avais appris à cette occasion qu'il s'appelait désormais Tournoi des Six Nations. Je m'installerais avec Jacqueline et finirais bien par trouver un petit boulot, des cours d'allemand par exemple.

Au début, j'aurais l'impression que Paris me réussirait bien. Des amis suisses viendraient me rendre visite. Comme je n'aurais pas encore de travail, je vivrais sur mes économies et le salaire de Jacqueline. La ville, ou plutôt mes lectures qui la mettraient en scène, me renverrait des images contradictoires mais toutes flatteuses, tantôt de réussite insolente, tantôt d'échec digne ou tragique, romanesques chacune à leur manière.

J'avais un faible pour Strether, le héros des *Ambassadeurs* de Henry James. C'était un vieil Américain qu'un voyage à Paris rendait parfaitement traître à l'égard des valeurs puritaines de sa patrie. Avant qu'il ne parte, on l'avait chargé d'une mission : arracher un enfant prodigue à l'idylle parisienne qui le détournait de ses devoirs de futur chef d'entreprise et d'un mariage arrangé, le ramener au bercail. De la réussite de la mission dépendait son propre mariage avec la mère de l'enfant prodigue, qui lui garantirait le gîte et le couvert jusqu'à la fin de ses jours. Or, dès son arrivée, Strether tombait de son plein gré dans les pièges d'une civilisation dont il avait toujours rêvé auparavant, saisissant toutes les nuances des spectacles et des événements dont il était le témoin, mais sans jamais y participer vraiment et tirer son épingle du jeu. Il finissait par se résoudre à retourner chez lui et à y vivre dans la disgrâce.

Le Paris des *Ambassadeurs* était incontestablement la capitale de l'élégance. Les derniers raffinements de l'aristocratie n'y avaient pas été complètement étouffés par la marée démocratique. On se sentait au cœur de l'Europe dans ces salons du faubourg Saint-Germain où cohabitaient presque naturellement l'anglais et le français, du moins dans les romans de Henry James. À proximité de la cohue des Grands Boulevards, Strether découvrait le charme caché d'un hôtel particulier au jardin attenant. Les bruits de la rue ne parvenaient pas jusque-là.

Autour de Mme de Vionnet et de sa fille se déployait un monde dont les coutumes étaient difficiles d'accès, mais Strether s'en sortait très bien. Au contraire des provinciaux balzaciens qui, débarqués d'Angoulême un recueil de poèmes sous le bras, ne savaient pas comment se tenir dans les salons, il donnait l'impression de tout savoir sans que personne ne le lui ait jamais appris, ce qui constituait en soi un tour de force. Il arrivait simplement trop tard, là où d'autres étaient peut-être arrivés trop tôt.

30

Dépourvu du charme involontaire de Strether, je n'étais sans doute qu'un petit provin-
cial maladroit. Un soir, nous avions été invités
à une *bar mitsvah* sépharade près de la place
Clichy. On fêtait le fils d'une amie de Jacqueline. Un orchestre jouait derrière un buffet
gigantesque. L'enfant, cravaté et très à l'aise,
se dandinait entre deux danseuses du ventre
qui semblaient le considérer comme un
authentique mâle.

Nous nous étions assis auprès d'un couple
que connaissait Jacqueline. Ils nous avaient
aperçu ensemble au théâtre. Elle trouvait
charmante ma manière de m'exprimer, son
compagnon me souriait aussi, sans condescen-
dance je crois. J'avais pensé à ce moment qu'il

me serait peut-être possible de faire carrière à Paris. Cet «accent suisse», que j'imaginais être un obstacle de taille à mes ambitions, leur fournirait au contraire une aide précieuse. Tout le monde m'aimerait bien, on me considérerait comme un gentil garçon, inoffensif et un peu lourdaud. Je franchirais un à un les échelons du pouvoir sans que personne ne s'aperçoive de rien. Les réactions que susciteraient mes inflexions chantantes me serviraient aussi à trier mes amis véritables. De cette faiblesse apparente, je ferais ainsi un de mes points forts.

Mes pensées iraient dans la même direction durant les premiers temps de mon séjour parisien, renforcées par les visites de mes amis, qui m'envieraient d'habiter la «ville lumière». N'étais-je pas destiné à y réussir? Ma connaissance de Paris n'était-elle pas bien plus étendue que celle de la plupart des autochtones? Le nom de ses rues m'était familier depuis l'adolescence, car j'avais bien étudié mon plan par arrondissement et elles étaient chargées à mes yeux de références littéraires. Quand je me promènerais le soir le long de la Seine, les façades illuminées du quai Conti me suggéreraient des rêves de renommée. Moi aussi j'habiterais un jour un de ces appartements à plafond haut, j'écrirais des romans qui me vaudraient la gloire et la fortune.

Mais la réalité démentirait vite ces ambitions démesurées. Recommandé par personne, je ne trouverais aucun emploi dans la capitale, et les matches de rugby en compagnie de mon beau-frère constitueraient mon unique consolation. J'enverrais des ébauches de manuscrits aux éditeurs de la rive gauche qui me renverraient à ma copie. Paris deviendrait pour moi un enfer. Je n'oserais plus m'aventurer dans le périmètre éditorial sans me sentir écrasé par la honte. Dépité, je finirais par quitter Jacqueline et regagner la Suisse, où les relations que j'y aurais gardées me permettraient de retrouver du travail.

31

J'ai bu du riesling en regardant les photos de nous dans le salon, dont l'une de notre mariage. Peut-être qu'aux yeux d'Hélène je n'étais pas vraiment parti. Si toutes les photos avaient été ôtées, j'aurais pu de bon droit me considérer comme un cambrioleur. Hélène souhaitait sans doute que je revienne. Pourtant, elle n'avait pas pris mon cadeau de Noël avec elle. Simple avertissement ou preuve que l'idée de mon départ commençait à faire du chemin dans son esprit? J'avais pensé dans le taxi à ces amoureux en colère lacérant les portraits autrefois contemplés avec amour. Ce n'était pas le genre d'Hélène, mais j'avais imaginé qu'avant de partir rejoindre ses parents elle effacerait peut-être quelques marques trop voyantes de ma personne.

Nous avions l'air d'un couple modèle. Hélène souriait en direction de l'objectif et je la regardais. J'avais vraiment l'air de l'aimer, elle semblait heureuse. J'aurais été bien incapable de dire si cette photo exprimait une quelconque vérité. Sait-on jamais ce que dissimulent les apparences? De cette banalité nous faisions un usage quotidien. Hélène et moi adorions imaginer des histoires très compliquées sur la base d'anecdotes qui nous arrivaient dans la vie de tous les jours ou dont nous étions simplement les témoins.

Je me souvenais d'un événement remontant à notre séjour parisien. Dans un café des Grands Boulevards, à une table proche de la nôtre, un vieil homme chic se proposait d'aider un adolescent qui venait de quitter le domicile familial. Nous avions épié leur conversation en nous faisant des clins d'œil. Il lui prêterait de l'argent, lui trouverait un travail. Ce soir, il l'invitait à manger chez lui. L'émoi du garçon, son excitation étaient perceptibles au seul son de sa voix. Pour la première fois de sa vie sans doute, il avait l'impression qu'il pouvait enfin raconter son histoire et qu'un adulte le prenait au sérieux. L'autre l'écoutait, l'encourageait avec complaisance.

Était-ce un criminel sadique ou un simple amateur de garçons? Le bon sens et le calcul des probabilités faisaient plutôt pencher pour la deuxième hypothèse, mais Hélène et moi avions cédé aux charmes morbides de la première. Ils n'étaient pas encore partis que nous échafaudions déjà les pires scénarios, commentant à voix de moins en moins basse chacune de leurs répliques. Les jours suivants, nous avions épluché les faits divers du *Parisien*, cherchant en vain un avis de recherche ou le compte rendu de la macabre découverte en forêt d'un cadavre dépecé et non identifié dont le signalement approximatif aurait correspondu à peu près à celui de notre jeune homme.

Comment regarderais-je dans quelques mois la photo que je tenais entre les mains? Peut-être faudrait-il très peu de temps pour que le simple fait de penser à cette image, dont je mettais en doute la véracité et qui m'énervait presque, m'arrache des larmes de douleur, car je serais alors placé devant le fait accompli d'une perte irrémédiable.

32

Du temps de Jacqueline, je ne connaissais pas Léo Malet. Elle n'avait pas beaucoup de romans policiers dans sa bibliothèque. Dans la série des *Nouveaux Mystères de Paris*, *M'as-tu vu en cadavre ?* est consacré au Xe arrondissement. Si je l'avais lu à l'époque, j'aurais regardé ce quartier différemment, pensant à tous les cadavres qui avaient baigné dans le canal Saint-Martin. Il n'existait pas, selon Nestor Burma, d'endroit parisien plus propice aux mauvais coups que les abords du canal, près de l'hôtel du Nord et de sa célèbre passerelle.

J'avais mes habitudes dans un bar-tabac, à l'angle de la rue de Lancry et du boulevard Magenta. Dès mon deuxième passage, son tenancier kabyle me saluait déjà. S'était-il rendu compte plus tard de ma disparition? Les événements de ce genre passent inaperçus dans les grandes villes. Plongé dans la torpeur déserte de ce mois d'août, je trouvais très rassurant que quelqu'un me salue.

Je craignais de commettre un accident domestique, lequel n'avait pas manqué de se produire. J'avais regardé une seule fois la télévision et, au moment de l'éteindre, elle avait rendu l'âme, si j'ose dire. J'avais entendu un bruit sourd, vu une petite étincelle, et puis fini, plus rien. Le lendemain, je m'étais mis en quête d'un nouveau poste. Je l'avais trimballé depuis la République, avant de passer une bonne partie de l'après-midi à l'installer maladroitement. Un long fax envoyé à Jacqueline lui demandait de ne pas s'étonner quand elle découvrirait l'appareil. Je n'avais reçu aucune réponse.

Jacqueline regardait si peu la télévision que, sans mon fax, elle ne se serait sans doute aperçu de rien à son retour. C'est du moins ce qu'elle m'avait dit par la suite. Mon message et son ton, mi pince-sans-rire mi sincèrement embarrassé, avaient suscité la curiosité de Nathalie et de ses enfants. Qui était ce garçon à qui Jacqueline prêtait son appartement, qui faisait imploser sa télévision et n'hésitait pas à acheter un nouveau poste, avant même d'avoir discuté la chose avec elle?

La bouteille de riesling était finie. Hélène n'avait pas changé les draps. J'ai plutôt bien dormi, assez longtemps pour ne pas me souvenir de mes rêves. La journée du 25 a commencé difficilement. Comme prévu, j'ai appelé mon oncle. Il n'était au courant de rien. Je lui ai fait croire que nous nous trouvions dans l'Oberland bernois. Le gigot de Noël sortait du four, il n'attendait que nous. Je ne manquerais pas de saluer Hélène, passerais le voir d'ici quelques jours, peu avant nouvel an. Au terme de cet éprouvant coup de fil, je me suis allongé sur le sofa du salon pour y poursuivre ma lecture des aventures de Nestor Burma.

Durant la matinée et le début de l'après-midi, le téléphone n'a pas sonné. Les volumes de la bibliothèque m'entouraient, rassurants. Il aurait été tentant de rester allongé sur mon sofa à attendre la fin du monde en lisant des romans, mais on m'aurait très vite demandé des comptes.

33

Imaginons que j'aie été un de ces méchants que pourfendait Nestor Burma. Un meurtre aurait eu lieu à l'hôtel du Théâtre. La victime, un homme d'affaires polonais, revêtirait les traits de l'Américain que j'avais croisé avec sa femme avant-hier matin au petit-déjeuner. Peu avant d'être tué, il aurait eu rendez-vous avec un fondé de pouvoir du Crédit Suisse, au siège central de la Paradeplatz. Sur le chemin de l'élégant établissement à la façade ornée de cariatides, il sentirait qu'on le suivait. Ses activités fructueuses dans le commerce du bois et du pétrole lui auraient valu des ennemis coriaces, dont certains auraient sans doute voulu sa peau.

À l'issue du rendez-vous, l'homme d'affaires polonais – appelons-le Pietrczykowski – se dirigerait chez Sprüngli. Deux faux moustachus en imperméable l'observeraient de l'autre côté de l'établissement tandis qu'il mangerait un canapé au saumon, accoudé au bar. Assis dans la salle, je m'étonnerais de leur manège, ignorant que j'étais moi aussi suivi, par Nestor Burma.

Comme elle l'aurait confié d'emblée au détective, Hélène avait été la première femme de Pietrczykowski. Celui-ci, toujours amoureux d'elle, l'aurait généreusement couchée sur son testament. Ayant appris par ma femme dans quel établissement Pietrczykowski descendrait à Zurich, j'aurais décidé de le tuer sur place. Sans deviner qu'Hélène me faisait filer par un détective, je me serais installé à l'hôtel du Théâtre sous une identité d'emprunt. J'aurais aimé qu'Hélène touchât le pactole et m'en fît profiter un peu, tout en ignorant, ou faisant semblant d'ignorer, que j'étais l'assassin. Or, plus honnête que je ne pensais, elle n'aurait eu aucune envie d'hériter de cette manière, encore moins de tremper dans une affaire de meurtre, et elle aurait nourri quelques légitimes soupçons sur mes intentions.

Malgré le métier du limier, j'aurais tout de suite remarqué que ma chambre avait été passée au peigne fin. J'avais oublié de prendre mon feu avec moi quand je suivais Pietrczykowski à travers la ville, et Burma – également descendu à l'hôtel du Théâtre – avait dû tomber dessus en fouillant mes affaires. Comme nous nous talonnions d'assez près, les numéros de nos chambres n'avaient aucun secret pour nous. Il me semblerait même plus tard, quand je reconstruirais le cours des événements, que nous nous étions retrouvés une fois tous les trois devant la réception, et il était étrange que les soupçons de Pietrczykowski n'aient pas été éveillés à ce moment.

Désarçonné par cette erreur de débutant – Burma, quant à lui, aurait commis celle, fatale, de me laisser mon arme – inquiet de ses conséquences possibles, je me dépêcherais d'abattre le Polonais dans sa chambre. Je ferais un détour par chez nous avant de prendre la fuite. L'explication avec Hélène serait expéditive : le coup de feu partirait pour ainsi dire tout seul.

Très peu de temps avant le meurtre – un quart d'heure, selon le rapport d'autopsie – l'homme d'affaires aurait appelé sa maîtresse à Varsovie. Il lui aurait confié ses soupçons par rapport aux deux faux moustachus, mais n'aurait cependant pas eu l'impression d'avoir été suivi durant le trajet de la confiserie Sprüngli à l'hôtel du Théâtre, ce qui était mal observé, car je lui filais le train depuis le matin. L'enquête officielle révélerait par la suite que les deux faux moustachus étaient des comédiens engagés dans un téléfilm d'espionnage produit par la télévision allemande, dont certaines scènes avaient été tournées en extérieurs aux alentours de la Paradeplatz.

34

Tout aurait pu encore aller au mieux pour moi dans les débuts de l'enquête. Un, la police zurichoise ne me soupçonnait pas ; deux, elle n'aurait de toute façon pas pris Burma au sérieux ; et trois, elle ne savait pas ce que le détective supposait par-devers lui, car il ne se serait jamais confié à un inspecteur. La déposition de la maîtresse de Pietrczy-kowski poserait des problèmes d'interprétation. Était-on bien sûr de ce qu'elle avait dit ? S'agissait-il de deux moustachus ou de deux barbus ? En comptait-on parmi les clients de l'hôtel ? Pouvait-on se fier au traducteur ? Si la méconnaissance des langues slaves faisait suer la police zurichoise, Burma, qui avait appris quelques rudiments d'allemand durant ses années d'internement au stalag X B, était rebuté par le fait de ne rien saisir, ou presque, de ce qui se disait autour de lui. Aux problèmes de compréhension du *Hochdeutsch* – ses notions d'allemand se limitaient en gros à «*Ausweis bitte*» et à «*Halt Befehl*» – s'ajouteraient ceux du dialecte zurichois.

Pourquoi Burma avait-il accepté cette mission? Arguant pour le persuader de l'incompétence des détectives locaux, Hélène lui avait proposé des émoluments dont le montant était trois fois supérieur à la somme reçue pour un travail semblable à Paris. Le gain ne constituait pas un véritable appât à ses yeux – il aurait sinon changé de métier depuis longtemps – mais il avait, comme toujours, un urgent besoin d'argent. Et la voix d'Hélène au téléphone l'avait charmé par son timbre un peu rauque, son léger accent avait provoqué en lui d'émouvantes réminiscences.

Durant sa jeunesse anarchiste où il battait la semelle sur les pavés parisiens, Burma avait aperçu sur une terrasse de Montparnasse deux très belles jeunes filles, une blonde et une brune, dont la coupe de garçonne et le visage androgyne l'avaient immédiatement frappé. Il s'était assis près d'elles, les avait abordées. Elles étaient depuis deux jours à

Paris, en provenance de Bâle où elles venaient de finir les Beaux-Arts. Les inflexions d'Hélène lui avaient rappelé celles de ces deux jeunes filles.

Arrêté à Paris, je serais condamné à vingt ans en Suisse pour double meurtre. Dans le calme d'une cellule individuelle, il aurait été possible de passer des jours heureux. Mais l'horreur du remords, l'insomnie permanente? Substituons à l'assassin de sang-froid un prisonnier aux goûts et au caractère plus proches de ma vraie personnalité.

La bibliothèque de la prison serait peut-être richement fournie. La régularité de la vie pénitentiaire finirait par me rendre le calme et la sérénité. Je lirais le *Journal* d'Amiel dans son intégralité. Avec les aumôniers, je pourrais m'entretenir sur d'épineux sujets de théologie, comme la preuve de l'existence de Dieu selon saint Anselme ou les subtilités du *filioque*. Peu à peu, je m'épanouirais grâce à l'incarcération, une espèce de sérénité me gagnerait, proche de celle qu'atteignent les moines par l'exercice prolongé de la prière. L'idée qu'un beau jour j'arriverais au bout de ma peine et qu'il me faudrait alors songer à mon éventuelle réinsertion me terrifierait secrètement.

Cette nouvelle aventure de Nestor Burma, esquissée à grands traits dans mon esprit, était invraisemblable à plusieurs titres, moins par son côté rocambolesque, inhérent au genre, que par l'anachronisme du détective. Burma était un homme de son temps, on ne pouvait pas aussi aisément le transplanter dans le nôtre, au risque d'en faire un vieillard déplorant la disparition des chemins de fer de ceinture et pratiquant un argot désuet, où les méchants se donnaient des coups sur le cassis et recevaient des balles dans le buffet. D'autre part, la gouaille et l'intuition de Burma n'étaient susceptibles de s'exercer qu'à Paris. À la limite, j'aurais dû lui inventer un *alter ego* zurichois, mais j'étais trop paresseux pour le faire.

35

Hélène allait peut-être rentrer d'un instant à l'autre. Il me fallait faire quelque chose, prendre une décision. Appeler Rémy Corbin? Je pourrais lui demander de m'héberger quelque temps. «Hélène portable» est apparu dans mon répertoire. Sans réfléchir, j'ai appuyé sur la touche de composition du numéro. Un coup, deux coups. Elle a décro-ché. D'une voix blanche et tremblante, je lui ai dit que j'étais à la maison. J'ai répété cette phrase plus fort. Elle m'a répondu qu'elle ren-trerait tard dans la soirée.

Je me suis senti tout à coup complètement épuisé et me suis allongé sur le divan du salon. J'ai rêvé que je me promenais à Zurich avec Hélène. Nous surplombions la ville.

C'était en été, le temps était superbe. On voyait le lac et les montagnes. Nous nous tenions debout à côté de la carcasse de l'hôtel Dolder, qui venait d'être démoli.

Dans un épisode antérieur du rêve – avant la démolition, pour ainsi dire – nous avions mangé un repas copieux au restaurant de l'hôtel. Je palpais anxieusement les poches de mon veston, expliquais à Hélène que j'avais oublié mon porte-monnaie à l'intérieur. Elle me répondait durement, m'engueulant presque, tu vois bien que tu ne le retrouveras jamais dans ces décombres. Je m'obstinais, voulais m'aventurer sur le chantier dont de grandes barrières en bois interdisaient l'accès. Je n'avais pas envie de rentrer à la maison, pas encore, mais Hélène était pressée de le faire. Elle n'avait toujours pas ouvert mon cadeau de Noël.

Achevé d'imprimer
en janvier deux mille six
sur les presses de l'Imprimerie Slatkine à Genève
pour le compte des Éditions Zoé
Composition Atelier Françoise Ujhazi, Genève